悪徳の栄華

罷免家老　世直し帖 2

太

時代小説
二見時代小説文庫

目次

悪徳の栄華——罷免家老 世直し帖2

第一章　稲田堀《いなだぼり》

一

来栖左膳《くるすさぜん》は従者の長助《ちょうすけ》を伴い、日本橋照降町《にほんばしてりふりちょう》にある傘屋鈿女屋《うずめや》に向かっていた。神無月《かんなづき》の二十日、冬の訪れを示すような肌寒い風が吹きすさび、分厚い雲が空を覆っている。

今にも雨粒が落ちてきそうだ。

照降町とは通称で、小舟町《こぶなちょう》が町名だ。界隈《かいわい》には雨傘屋や履物屋が軒を連ねている。履物屋は晴れの日を喜び、傘屋は雨の日を喜ぶ町ということで照降町と称されている。

そんな照降町にあって鈿女屋は一番大きな雨傘屋である。屋根看板には鈿女屋の屋号と天鈿女命《あめのうずめのみこと》の絵が描かれていた。

釦女屋に近づいた時、

「お助けください！」

女の甲走《かんばし》った声が聞こえた。

左膳は足を止めた。

小太りの女がこちらに向かって駆けて来る。長助が、

「どうしなさったべえ……」

と、鶴岡訛《つるおかなま》りを交じえて問いかけた。

女はこの近くで一膳飯屋を営んでいるそうだ。突如として刃物を手にした男が闖《ちん》入《にゅう》し、幼い娘を人質に立て籠もったという。

左膳は女と共に一膳飯屋に向かった。

路地を入ったすぐ右手に飯屋はあった。途中で聞いたところによると、店内には客はおらず、男と娘だけだそうだ。

飯屋の戸は開け放たれていた。

土間に男が仁王立ちして娘の腕を摑んでいる。女が言ったように包丁を娘の首筋に突きつけていた。恐怖の余り、娘は泣き叫ぶこともできないでいる。

「娘を離してやれ。そなたの言い分を聞く。いくらか銭が欲しいのなら申してみよ」

威嚇《いかく》せず、淡々とした口調で左膳は語りかけた。

「稲田堀《いなだぼり》の会所《かいしょ》から頭取《とうどり》の船岡与三郎《ふなおかよさぶろう》を呼んで来い！」

男は怒鳴った。

承知した、と返してから、

「そなたの名は……名がわからなければ、船岡何某《なにがし》を呼んで来られぬぞ。それに稲田堀とは何処《どこ》にある。盛り場か」

あくまで穏やかに問いかけた。

「おら、末吉《すえきち》だ。稲田堀は深川永代寺《ふかがわえいたいじ》近くの盛り場だ。とんでもねえ……ひでえ盛り場だ」

末吉は包丁を振り回した。

娘が泣き出した。

それが合図であるかのように雨が降り出した。

末吉は錯乱している。このままでは、娘に危害が及ぶかもしれない。

左膳は雨空を見上げて言った。

「これは当分、止《や》まぬぞ。傘が必要だろう」

末吉は包丁を再び娘に向け、

「泣くな！」

と、喚《わめ》き立てた。

左膳は長助を呼んだ。

「傘だ」

末吉に語りかけてから長助に右手を差し出した。長助は抱えていた風呂敷包みを開けた。彩り鮮やかな数本の傘がある。その中から朱色《しゅいろ》の傘を手に取って開いた。

雨天に一輪の紅花《べにばな》が咲いたようだ。

左膳は傘の柄《え》をくるくると回した。雨粒《あまつぶ》を弾かせ、傘は独楽《こま》のように回転した。末吉と娘の目が傘に吸い寄せられる。

「さあ、受け取れ」

左膳は傘を閉じ、末吉に向かって投げつけた。

傘は紅花から一本の矢と化し、末吉の顔面を直撃した。末吉は顔面を手で押さえ、その拍子に包丁を落とした。

間髪《かんはつ》容れず、左膳は店内に飛び込むと娘の手を引いて戸口に押しやった。長助が娘を飯屋の外に連れ出した。

左膳は末吉の鳩尾《みぞおち》に拳を沈めた。

土間に末吉は頽《くずお》れた。

鈿女屋に顔を出した。

末吉は駆け付けた南町奉行所の役人に捕縛《ほばく》された。

鈿女屋の主人に風呂敷包みに入れてきた傘を渡した。

みな、左膳が傘張りをしてこしらえたものだ。左膳の張る傘は評判がよく、連日鈿女屋から油紙や破れた古傘が届けられる。

来栖左膳、五十を過ぎた初老ながら髪は光沢を放ち肌艶《はだつや》もいい。浅黒く日焼けした面差《おもざ》しは苦《にが》み走った男前、紺地無紋の小袖の上からもわかるがっしりとした身体つきだ。

左膳は昨文政《ぶんせい》二年（一八一九）の卯月《うづき》までは出羽国《でわのくに》鶴岡藩《はん》八万石大峰能登守宗里《おおみねのとのかみむねさと》の江戸家老を務めていた。宗里は昨年の正月、家督を継いで新藩主となったのだが、身《み》贔屓《びいき》がひどくお気に入りの家臣を登用し、耳障《みみざわ》りな意見を具申《ぐしん》する者を遠ざけた。家中《かちゅう》に不満の声が高まり、左膳は諫言《かんげん》をした。結果、宗里に江戸家老職を罷免《ひめん》される。宗里は家中に留まることは許す、と恩着せがましく言ったが、左膳はそれを良しとせず、大峰家を去った。

以来、江戸藩邸に出入りしていた傘問屋鈿女屋の世話で神田佐久間町《かんださくまちょう》の一軒家に傘張りを生業《なりわい》として、息子兵部《ひょうぶ》、娘美鈴《みすず》と暮らしている。妻照江《てるえ》は三年前、病で亡くしていた。

「御家老さま」

鈿女屋の主人、次郎右衛門《じろうえもん》は未だに左膳を、「御家老さま」と呼ぶ。何度、やめるように言っても直さない。

「お見事なご活躍であられたとか」

次郎右衛門は一膳飯屋での騒動を話題にした。

「行きがかり上のことだ」

事もなげに言い、その話題からそらそうと思ったが、

「稲田堀なる盛り場を存じておるか」

と、末吉の言葉が気になって問いかけた。

「大した評判でございますな。手前はまだ行ったことはありませんが、連日賑わっておるそうですよ」

次郎右衛門が答えたところで、

「失礼致します」

と、声がかかった。

「ならば、これでな」

左膳は話を切り上げ、腰を上げた。

店から出ようとしたところで若い侍とすれ違った。今、呼びかけた男のようだ。次郎右衛門が応対すると若侍は名乗った。

「わたしは、上州下仁田藩本堂家《じょうしゅうしもにたはんほんどうけ》家臣、船岡与三郎と申します」

末吉が呼び出そうとした男だ。

左膳は立ち止まり若侍を見た。

歳の頃、二十七、八、羽織、袴に威儀《いぎ》を正しているが物腰は柔らかい。中肉、中背、細面《ほそおもて》の顔は柔和《にゅうわ》で声に張りがある。

末吉が批難していたため、横柄《おうへい》な男を想像したが、それとは正反対の印象である。

与三郎は次郎右衛門とやり取りをした後、左膳に向き直った。

「末吉のことで、ご厄介《やっかい》をおかけしました」

与三郎は深々と腰を折った。

「大したことではござらん。それより、娘が無事であったのが何より。末吉も大事を起こさずに済みましたな」

それだけ言い、左膳は踵《きびす》を返そうとした。

「改めてお礼をさせてください」

与三郎は訴えかけるような物言いをした。

「お気遣いなく」

左膳は長助を促し、帰ろうとした。

「よろしかったら、稲田堀にいらしてください」

与三郎の誘いに笑顔を返し、左膳は鈿女屋を出た。幸い、雨は上がっていた。

夕空に虹が架かっている。

左膳はしばし虹を見上げた。

「止《や》まない雨はない。照る日もあれば降る日もある、か」

口癖になっている言葉を口の中で呟いた。

「旦那さま、ほんと、虹がお好きだんべ」

長助は言った。

来栖家に仕えて二十年になる奉公人だ。年齢は不詳《ふしょう》である。左膳が大峰家の家老を罷免されても変わらず忠義を尽くしてくれている。

「さて、帰るぞ」

虹を見て、気分が良くなり、左膳の足取りは軽かった。

二

左膳は稲田堀へとやって来た。照降町の一膳飯屋で騒動があった三日後、神無月二十三日、冬晴れの空が広がるぽかぽか陽気の昼下がりだ。

深川永代寺近くに構えていた上野国《こうずけのくに》下仁田藩五万石本堂美作守《みまさかのかみ》義和《よしかず》の下《しも》屋敷を改修して出来上がった盛り場だった。

十町《ちょう》（約一キロ）四方の周囲を堀が巡り、東西南北、四面に門と刎橋《はねばし》が備えられている。稲田堀内には多くの露店《ろてん》が軒《のき》を連ね、大勢の人々で賑わっていた。人々の笑顔に溢れ、活気に満ちている。

左膳は西門から入ると、目についた菰掛《こもが》けの茶店に入った。

数人の男女が蓬団子《よもぎだんご》を食べ、お茶を飲んでいる。左膳も同じ物を頼む。

お茶と団子を運んで来た主《あるじ》に、

「繁盛しておるな」

と、声をかけた。

「稲田堀は商いをやりますには、この上なく良い所でございます」

初老の主人はにこやかに答えた。

店の前を通りかかった者たちから、「権爺《ごんじい》」とか、「権兵衛《ごんべえ》さん」と声がかかる。権兵衛は稲田堀内で評判が良さそうだ。実際、好々爺然《こうこうやぜん》としており、物腰が低く、人当たりが良い。自然と笑みがこぼれる顔は表裏のなさを物語っているようだ。

左膳は意外な思いがした。鶴岡藩の江戸家老になる前、国許で家老見習いと鶴岡町奉行を兼任していた。

城下の片隅にやくざ者が牛耳《ぎゅうじ》っている一帯があった。稲田堀と同じく堀で囲まれていたため、地名から取って村田堀《むらたぼり》と呼ばれていた。賭場《とば》や遊郭《ゆうかく》、料理屋が建ち並んだ賑やかではあるが阿片《あへん》や大麻《たいま》の売買が行われ、退廃的《たいはいてき》な空気が漂った場所であった。累代《るいだい》の奉行は見て見ぬふりをしてきた。村田堀を牛耳るやくざ者から賂《まいない》を受け取り、取り込まれていたのだ。

左膳は単身で村田堀に乗り込み、やくざ者と交渉に及んだ。やくざ者は左膳の度胸に感服し、交渉に応じた。その結果、やくざ者は村田堀を退去、但《ただ》し、堀内で料理屋や遊郭を営むことは許した。村田堀内の治安はやくざ者に代わって大峰家が担うようになり、堀内は健全な盛り場となったのである。

とはいえ、その一帯が成り立っていたのは縄張りとする一家が守ってくれるという安心感だった。高いしょば代を払っても、商いは続けられる、ごろつきなどの性質《たち》の悪い連中を排除してくれる、という安全綱である。一家からすれば、自分たちの飯の種を荒らすな、という意識で余所者《よそもの》を近づけなかった。

しょば代の取り立てが目的であったが、余所者が立ち入って縄張りを荒らしていないのかを見張っていた。常に一家の目が光っているため、一帯の空気は淀《よど》み、そこで商いをする者には生気が感じられなかった。

それでも、乱暴者が商いの邪魔をすると、その一家に助けを求めるのである。

見たところ、稲田堀内を巡回している者はいない。目つきの悪いやくざ者めいた者の姿はないのだ。本堂美作守義和の下屋敷を改修した盛り場であるゆえ、やくざ者の類《たぐい》は関わらせていないのだろう。本堂家の家臣たちが目を光らせていると思いきや、それらしき侍の姿もなかった。

稲田堀は江戸市中にできた盛り場であるが、幕府への届け出はあくまで本堂家下屋敷であるため、南北町奉行所、火盗 改《かとうあらため》が無断で立ち入ることはできない。

「商いをやり、大勢の者が行き交うのだ。揉め事が起きよう。その場合は本堂家が対処してくれるのであろうが、ざっと見た限り、本堂家の会所はあるが、役人らしき方々が見回っておる様子はない。心細くはないか」

気になって問いかけた。

「揉め事は、まず、ありません。たまに、酔っ払い同士の喧嘩くらいで……」

それ以上のことを権兵衛は話さなかった。

笑顔のまま答えたが、その裏に何かあるような気がして仕方がない。一膳飯屋に立て籠もった男の叫びが脳裏に蘇った。

稲田堀はひでえ所だ、と男は恨み言を言い、会所頭取船岡与三郎を呼び出したのだ。

左膳は茶店を出ると、会所に向かった。

東西南北を貫く幅広の道が交わる堀の真ん中に会所があった。

周囲は広場になっており、大道芸人が芸を競っている。会所の脇には火の見櫓《やぐら》が設けられていた。会所は江戸市中に設けられている自身番を大きくしたような造りである。出入り口である腰高障子《こしだかしょうじ》の脇には、自身番と同じく袖絡《そでがらみ》、突棒《つくぼう》、刺又《さすまた》といった捕物道具が立てかけてあった。

堀内で起きた揉め事や困り事はここで受け付ける。また、堀内で商いをしたい者は会所に届け、面接、審査をされるという。

中に詰めているのは、若年寄本堂美作守の家来たちのようである。会所頭取の船岡与三郎を訪ねようと腰高障子の前に立った。

断りを入れようとした時に腰高障子が開き、若い侍が出て来た。

与三郎である。

目が合うと、

「これは、先だっての……早速、おいでくだされたのですな」

と、左膳を歓迎してくれた。

左膳も一礼して、

「来栖左膳と申します」

改めて名乗った。

「来栖殿は羽後鶴岡藩大峰能登守宗里さまの御家老であられた、とか」

与三郎は左膳の素性《すじょう》を調べたようだ。

左膳が黙っていると、

「勝手ながら錮女屋で確かめたのです。毅然《きぜん》としたたたずまい、見事な腕と胆力《たんりょく》、まことに感じ入った次第で、陰険とは思いましたがどのような素性のお方なのか、確かめずにはおられませんでした。不愉快に思われたら、ご勘弁ください」

と、与三郎は頭を下げた。素直で誠実さを感じる。

左膳はうなずいた。

「よろしかったら、ご案内致します」

与三郎は親切な性格のようだ。好意を無碍《むげ》にはできず、

「お願い申す」

と、船岡の申し出を受け入れた。

三

与三郎は軽い足取りで稲田堀を回り始めた。役目を通り越し、いかにも楽しそうである。並んで歩くと左膳まで明るい気分に浸れた。

軒を連ねる店の主人はもちろん、女中に至るまでに与三郎は気さくに声をかけてゆく。

「繁盛しておるか」

「今日は、良い日和《ひより》だな」

「何か困っておることはないか」

など、気配りも欠かさない。

物腰は柔らかく威張ったところがない。稲田堀の者たちもそんな与三郎に親しんでおり、

「これ、よろしかったら」

などと菓子屋などは牡丹餅《ぼたもち》をくれ、左膳もおこぼれに預かった。

やくざ一家の縄張り特有の陰鬱《いんうつ》さ、大名家管轄の盛り場にありがちな堅苦しさとは無縁である。

東西南北の堀沿いには全国の幕府直轄地、すなわち天領《てんりょう》から送られた物産が集めてあった。

北は蝦夷地《えぞち》の名産が並べられている。昆布、鰊《にしん》、塩鮭などの海産物を取り扱う店が軒を連ねていた。また、それらを使った料理を出す料理屋もある。

東堀には奥羽《おうう》から関東、上越、西堀には東海、上方《かみがた》、南堀は四国、九州の物産が集められているそうだ。

以前にも物産会はたびたび催されたが、いずれも薬草が主だった。稲田堀の物品は薬草に加え、各地の地酒、蕎麦《そば》、うどんなどの食べ物の他に工芸品、玩具《がんぐ》、着物など、多様な品々が集まっていた。稲田堀を回れば、江戸に居ながらにして日本中を旅でき

る、と与三郎は語ったが大袈裟《おおげさ》ではない。

各地の物産を扱う者は各々の地元民で、お国訛りが旅の風情《ふぜい》を感じさせている。

特に北堀に軒を連ねる蝦夷地の物品の充実ぶりには目を瞠《みは》った。

「まこと、活気に満ちておりますな」

感心し、左膳は賑わいに身を置いた。

「いやあ、まだまだです」

船岡は謙遜《けんそん》した。

会所近くにまで戻ったところで、

「うどんでもいかがですか」

と、誘われた。

言われてみれば腹が減っている。

「そうですな」

左膳は応じた。

蕎麦の方が好きなのだが、寒空とあってうどんの方が温まるような気がする。

目についたうどん屋に足を向けた。

寒風にはためく暖簾《のれん》に描かれた下仁田庵という屋号と葱の絵が温かみを伝えてくれ

る。

暖簾を潜《くぐ》り、小上《こあ》がりの座敷に腰を据える。何人もの客がいたが、与三郎に気づくと一礼をしてから膝を送り、席を作った。礼の言葉をかけてから与三郎は左膳と向かい合わせに座った。

「来栖殿、是非、味わって頂きたいものがあるのです。わたしにお任せくださりますか」

そこまで言われて拒む気はない。

「是非、賞味させてくだされ」

左膳は言った。

「まずは、一献《いっこん》」

与三郎は熱燗《あっかん》と葱焼《ねぎやき》を頼んだ。

「下仁田産の葱でござる」

心持ち自慢げに与三郎は言った。

上野国下仁田産の葱は江戸でも評判がいい。野太くて歯応えがある、と食にうるさい江戸っ子にも受け入れられている。評判がいいだけに、近頃では下仁田葱だと偽って売り歩く青物屋が出没しているそうだ。

この店の下仁田葱は正真正銘の下仁田産だと与三郎は強調した。稲田堀を営む本堂美作守は上野国下仁田藩五万石の藩主、下仁田庵は国許の名店のようだ。

「蝦夷地の物産が充実しておりますな」

左膳が言うと、

「ああ……蝦夷地の店の方が良かったですか。いえ、その、まずは国許の名産を味わって頂きたくてお連れしたのですが……」

与三郎は危《あや》ぶんだ。

「そんなことはござらぬ。わしも下仁田葱の評判を耳にしております。是非とも賞味致したい」

与三郎の気遣いに左膳は感謝した。

程なくして女中が燗酒と葱を焼いた肴《さかな》を持って来た。葱はぶつ切りにしてあって、味噌が添えてある。

「船岡さま、本当にお葱がお好きですね」

女中は微笑んだ。

「お志摩《しま》、いかぬか」

与三郎は笑顔で返す。

下仁田から父と一緒にやって来てこの店を営んでいるそうだ。美人ではないが愛《あい》嬌《きょう》のある丸い顔で客応対が巧《うま》い。料理は父親が作っている。

お志摩は左膳に、

「ごゆっくり」

と、声をかけてから調理場に向かった。

葱は太く焦げが艶《つや》めきを際立たせている。

「どうぞ、召し上がってください。お口に合わなければ無理に食べないでください」

与三郎に勧められ、左膳は遠慮なく、と箸を取った。

すると、

「まずは、そのまま召し上がってくだされ。味噌はつけずに……」

すかさず与三郎が口を挟んだ。

「承知」

言われた通り、左膳は箸で葱の切り身を摘まみ、口元に運んだ。熱々の葱をふうふう吹いて口の中に入れた。

太くて嚙み砕けないが、それだけに嚙み応えがある。嚙むごとにじんわりとした甘味が口中に拡がり、酒を引き立てそうだ。

思わず頰が緩む。

左膳の満足な様子を見て与三郎は安堵し、ちろりを手に取って酌をしようとした。

一杯目だけ受けます、と断ってから左膳は猪口《ちょこ》で受け、

「このような美味い葱、食したことがござらぬ。いやあ、感じ入った」

と、嘘偽りや世辞《せじ》でもなく本音で賞賛した。

「よかったです」

与三郎は実にうれしそうだ。

案《あん》の定《じょう》、酒が進んだ。

「お志摩……」

与三郎がお志摩を呼んで料理の追加の注文をしようとしたが、

「鴨南蛮《かもなんばん》ですね」

言われる前にお志摩は返した。

与三郎は笑顔でうなずき、

「それと……」

船岡はちろりを持ち上げた。

「国許の名産を喜んで頂けると、本当にうれしいです」

与三郎は笑《え》みを深めた。

純朴で誠実な若者である。下仁田葱以上に、左膳は船岡与三郎に好感を抱いた。

「船岡殿はまこと、熱心であられるな」

「殿の抜擢《ばってき》に応えたいという気持ちに加えまして、稲田堀で商いをする者、訪れる者双方が満足できる場を作りたい思いで努《つと》めております」

目をきらきらとさせ、与三郎は言った。

「素晴らしいことだと思いますぞ」

賛同すると共に羨《うらや》ましくもなった。こんなにも情熱を傾けられる役目を担えるとは羨ましい。

「わたしは、武家の出ではありません。下仁田の庄屋《しょうや》の倅《せがれ》なのです」

問わず語りに与三郎の履歴を聞いた。

船岡与三郎は庄屋の次男に産まれた。十三歳の頃、算盤《そろばん》、算術《さんじゅつ》に長《た》けていたため、城下の両替商に養子入りした。両替商では手代《てだい》を務めていた。

下仁田藩本堂家出入りの両替商であった。二十歳《はたち》の頃、本堂家の勘定奉行船岡三太夫《さんだゆう》に目をかけられ、郡方《こおりがた》の手代を任された。領内を回り、年貢の取り立てを行うだけではなく、養蚕《ようさん》の振興《しんこう》に努め、村々を富ませた。

やがて、

「義父から、養子に迎えたいと申し出があったのが三年前です」

船岡三太夫は子宝に恵まれず、与三郎を養子に迎えたのだとか。おそらくは、船岡三太夫は、与三郎の仕事ぶりばかりか誠実な人柄を買って養子に迎えたのだろう。

「そんな経緯《いきさつ》ですから、わたしには武士の矜持《きょうじ》は備わっておりませんし、武芸もできません。それゆえ、家中ではわたしを算盤侍だと蔑《さげす》む声があります。ですが、わたしは……」

ここまで語ったところで鴨南蛮うどんが運ばれて来た。真っ白く艶めいたうどんが蒸籠《せいろ》に盛られ、丼に汁が湯気を立てている。汁には鴨肉と下仁田葱がたっぷり入っていた。

「わたしの話よりうどんですね。このうどんは領内ではありませんが、同じ上州の水《みず》沢《さわ》の名産です。水沢観音《かんのん》の門前が発祥《はっしょう》で、大層な評判なのです」

与三郎は相好《そうごう》を崩し、左膳に鴨南蛮うどんを勧めた。うどん粉を上州から取り寄せ、手打ちをしているのだとか。

器には蕎麦と鴨肉、それに下仁田葱のぶつ切りがある。見るからに食欲をそそられた。

「好みでどうぞ」

七味唐辛子が入った小さな瓢簞《ひょうたん》を与三郎は折敷《おしき》に置いた。

左膳はまずは汁を啜《すす》った。

「う〜ん」

思わず感嘆のため息が漏れた。

鴨肉と下仁田葱、それに出汁《だし》が溶け合った絶妙な汁である。胃の腑に納まると、全身が温《ぬく》もりに包まれた。

次いでうどんを啜る。

腰があり、それでいてつるりとした舌触りで咽喉《のど》越しが良い。

もちろん、葱も絶妙である。

身も心も温まり、豊かになったようだ。

「稲田堀、本堂美作守さまの肝入《きもい》りで出来上がったそうですな」

左膳は稲田堀への興味が募《つの》った。

「殿はかねてより、自由闊達《かったつ》な物産の行き来こそがこの世を富ませ、それが公儀の台所も豊かにする、とお考えです」

幕府は財政を年貢《ねんぐ》、つまり農民から米を取り立てて成り立たせている。老中田沼意《たぬまおき》次《つぐ》は大商人に問屋組合を結成させ、運上金《うんじょうきん》を取った。しかし、それは非常時に行われるもので、商人には農民のように一定の税が課せられてはいない。江戸、京都、大坂の三大都市は地子銭《じしせん》、すなわち地代が免除されている。

「本堂さまは商人からも税を取るべき、とお考えか」

真顔で尋ねた。

「広く薄く、税は取るべき、とお考えです。もちろん、商人たちの負担にならぬように、との配慮はしっかりとなされます」

税率は今後の課題だと前置きをしてから、

「年貢は東照大権現《とうしょうだいごんげん》さま以来、四公六民《しこうろくみん》ですので、それが参考になりましょう。もっとも、四公六民は大権現さまがお決めになられたのではなく、徳川以前の関東の覇者《はしゃ》、北条《ほうじょう》家の年貢に倣《なら》ったのです」

四公六民とは米の収穫高のうち、四割をお上《かみ》に治め、六割は農民の手元に残る、という税率である。これは、幕府直轄地、すなわち天領において適用された。大名の領国は各大名に任せている。

では、天領において四公六民が守られているかというと、守られていないのが実情であった。

横暴な代官《だいかん》や郡代《ぐんだい》が四公六民ではなく、五公五民とか六公四民、更には七公三民という過酷な取り立てを行うことがあるのかというとそうではなく、事実は正反対である。

代官、郡代たちは四割どころか三割の年貢も取り立てられないのが実情だ。理由は代官、郡代たちの身分の低さにある。彼らは石高四百石の下級旗本、そんな身で代官なら五万石未満、郡代なら十万石未満の天領を治め、年貢を取り立てなければならない。

身分の低さゆえ自分の家来は少人数、赴任先の有力な村長、庄屋の手助けなしには年貢の取り立ても治安維持もできないのだ。独善的な政《まつりごと》を行い、彼らの反感を買っては年貢の取り立てなどは不可能である。それどころか、最悪の場合一揆《いっき》が起きる。一揆を起こされては、代官、郡代失格の烙印《らくいん》を捺《お》され、役目を解かれるばかりか、下手《へた》をすれば切腹である。

そうならないよう、代官、郡代たちは赴任地の領民とうまくやろうとする。役所の実務を担う手代は領内の村長、庄屋の息子たちから採用される。必然的に年貢取り立てが甘くならざるを得ないのである。

そんな天領の年貢取り立ての実情を踏まえつつ与三郎は言った。

「年貢の取り立てを増やすには限界があります。天領各地の代官所、郡代所へ派遣される公儀の役人の数は限られておりますのでな。一揆を起こされず、穏便《おんびん》に役目を務めあげたいのは代官、郡代の共通の思いです。それなら、代官、郡代と領民が共に豊かになるようにすればよい、それは各領内の特産品を全国に広く流通させて売り捌くことです」

その考えに基づいて、全国の天領から稲田堀に物産を集めているのだそうだ。

左膳は感心しつつも、抱いていた疑問をぶつけることにした。

「照降町の一膳飯屋で騒いだ男、稲田堀への不満を口に出しておりましたが……」

与三郎はうなずいたものの、口を閉ざした。聞かれたくないこと、稲田堀の暗部《あんぶ》に言及するのを躊躇《ためら》っているのではないか、と左膳は勘繰った。

四

「いや、失礼致した。余計なことでしたな」

左膳は疑念を引っ込めたが、

「いえ、何らやましいことはありません。ただ、少し混み入っております」

「鯨《くじら》の紋次郎《もんじろう》一味のこと」

与三郎は断りを入れた。

話してくれるよう左膳は目で頼む。

「来栖殿も耳にされたことがござりましょう……」

予想外のことを与三郎は言い出した。

鯨の紋次郎一味とは一言《ひとこと》で言えば海賊《かいぞく》である。元々は紀州《きしゅう》で鯨捕りをしていた漁師たちだ。それゆえ、鯨の紋次郎一味、と称される。

また、紋次郎は手下たちから親しまれ、お頭《かしら》ではなく、「おいやん」と呼ばれている。「おいやん」とは紀州の言葉でおじさんを意味する。親戚の伯父さん、叔父さんだけではなく親しい年上の男、上方《かみがた》で言う、「おっさん」を呼んだりもする。紋次郎は手下たちにとっては頼りになるおっさんなのだった。

彼らは漁師仲間といさかいを起こし、九州、肥前平戸《ひぜんひらど》に移って抜け荷に手を染めるようになった。

漁師仲間と朝鮮《ちょうせん》や琉球《りゅうきゅう》からの抜け荷品を船で運搬するようになる。やがて、抜け荷品を運ぶだけでは満足せず、朝鮮、琉球、台湾《たいわん》、更にはルソン、ボルネオの海域を行き来する交易船を襲うようになった。

紋次郎は腕っ節が強く、仲間も漁師なのかやくざ者なのか、わからないような荒くれ者たちだった。加えて鯨捕りで鍛えた身体である。彼らは銛《もり》や鑓《やり》、時に鉄砲なども使って交易船を襲って欲しいままに財宝を奪った。

幕府は鯨の紋次郎捕縛を薩摩藩《さつまはん》に命じた。薩摩藩は琉球の海域で一味を捕縛にかかったが、紋次郎をはじめ一味に逃げられた。それでも、紋次郎たちは朝鮮から台湾、ルソン、ボルネオにかけての海賊行為をやめた。

なりを潜めていたが、一年前から蝦夷地近海に出没して蝦夷地の海産物を積んだ船を襲ったり、ロシア船と抜け荷交易をやっている。

「その鯨の紋次郎、江戸に姿を現しておるとか。御老中、関川飛騨守《せきかわひだのかみ》さまが火盗改や町奉行所に対して紋次郎一味捕縛せよ、と叱咤《しった》なさっておられるそうですな。紋次郎一味の所在を通報した者には金十両を与える、とは関川さまのご発案と耳にしましたぞ」

左膳は言った。

老中、関川飛騨守泰孝《やすたか》は出雲国安来藩《いずものくにやすぎはん》七万石の藩主、齢《よわい》七十の高齢ながら矍鑠《かくしゃく》として幕政に当たっている。

左膳の話に与三郎は首肯《しゅこう》してから語った。

「一膳飯屋で暴れた末吉という男、当家に出入りする廻船問屋、上州屋《じょうしゅうや》の水手《かこ》であったのですが、堀内の者から鯨の紋次郎一味に加わった、という通報があったのです」

与三郎は水手、末吉を会所に呼び出し、話を聞いた。会所に詰めている本堂家の家臣が持ち物を検《あらた》めると簪《かんざし》が出て来た。

「簪は堀内で売られていた高級な品でした」

与三郎が言うには京都の小間物屋から取り寄せた花簪であった。紅葉《もみじ》を模《かたど》った洒落《しゃれ》た代物《しろもの》で祇園の舞妓の髪を飾る。

「十両は下らぬ簪です。末吉は馴染みの女のために働いた銭を貯めて買ったって言っていましたが……」

会所では末吉の手に届く品ではない、と判断して引き続き厳しい取調べを行い、鯨の紋次郎との関わりを明らかにする予定だった。そのため、会所内の仮牢獄に入れたのだが、小用に立った隙に逃げてしまった。

与三郎は南北町奉行所に連絡して、行方を捜していたのだった。

「末吉が高価な花簪を持っていたからと申しても鯨の紋次郎一味との関係を疑うのは、どうでしょうな」

左膳は首を傾《かし》げた。

「むろん、花簪以外にも末吉と鯨の紋次郎一味を結びつける拠《よ》り所はあります。まず、末吉も紀州の出であり、鯨捕りをやっていたこと、それから、蝦夷地に住むアイヌの楽器、ムックリを奏しておったのです」

与三郎は言った。

ムックリはアイヌ民族に伝わる竹製の楽器である。

紀州と蝦夷地、鯨捕り、水手、ムックリ、なるほど紋次郎一味との共通点はある。

「そもそも末吉は海賊行為をするような男であったのですか」

「そうは思えませんでした。もっとも、紋次郎一味であったのなら、素顔を見せるような真似はしなかったでしょうが……ただ、堀内は鯨の紋次郎一味の影に怯《おび》えています。末吉を逃がした者は鯨の紋次郎一味なのかもしれません。それに加えて……」

憂鬱《ゆううつ》な表情で与三郎は言葉を止めた。

「加えて、とは」

嫌でも気にかかる。

話すことを与三郎は躊躇っているが、

「ここまで話したのですからな……」

と、わざわざ前置きをしてから語った。

「関川飛驒守さまが稲田堀に疑念の目を向けておられるのです」

関川は鯨の紋次郎一味と稲田堀の関係を勘繰っているそうだ。というのは、稲田堀が開業したのは半年前、紋次郎一味が江戸に姿を見せた時期と同じだからだ。

「蝦夷地の物産を稲田堀に運ぶ傍ら、紋次郎たちはオロシャと抜け荷を行い、わが殿に賂を贈っている、と関川さまはお疑いのようです」

悔しそうに与三郎は眉根を寄せた。

「それは随分なお疑いですな。本堂美作守さまは、何とおっしゃっておられるのですか」

左膳の問いかけに与三郎は肩をすくめた。

「何らやましいことはしておらぬのだから、気にすることはない。いずれ関川さまもおわかりくださる、とおっしゃっておられます」

「わざわざ関川さまと敵対することもないでしょうからな」

与三郎は不満そうに、「そうですね」と答えた。次いで、この話はこれくらいにしましょうと、話を打ち切った。

黙々とうどんを食べ、酒を飲んでから、頼み事があります、と与三郎は切り出した。

「鈿女屋で来栖殿の張る傘、大変に良いと耳に致しました。勝手ながら、当会所で傘張りの御指南を頂けないでしょうか」

鈿女屋から依頼された傘張りの仕事を会所でやりながら、傘張りの指南《しなん》をしてください、と与三郎は頼んだ。

「承知した」

快く左膳は引き受けた。

船岡与三郎という若侍に好感を抱いたし、稲田堀、そして鯨の紋次郎にも興味が湧いたのだ。

与三郎と別れ、左膳は引き続き稲田堀内をぶらぶらと歩いた。

賭場がある。

若年寄直轄の盛り場であろうと、賭場は外せないのかと多少の失望を感じたが、意外なことに女、子供の声が聞こえる。

周囲を行き交う者に確かめると、稲田堀の賭場は銭、金を賭けないのだそうだ。木札を買って丁半博打《ちょうはんばくち》や手本引き、花札を楽しむことができるが、儲けた分は堀内で売られている商品と交換するという仕組みである。

鉄火場《てっかば》という殺気立った雰囲気がなく、女、子供も楽しめる遊戯場であった。

先ほど覗いた、西門近くの茶店に再び立ち寄った。

権兵衛が愛想良く迎えてくれた。お茶だけを飲み、鯨の紋次郎一味について訊いてみた。すると、権兵衛の笑みは消え、

「さあ、わしら、よくわかりません」

と、うつむいてしまった。

稲田堀で鯨の紋次郎一味は禁句なのかもしれない。

五

左膳の息子、来栖兵部は神田明神下《みょうじんした》に構えた町道場のやり繰りに悩んでいた。入門者がいないとあっては当然なのだが、そんなことはおくびにも出さない。痩せ我慢だが、苦しいのは確かである。

門人に恵まれないのは、来栖天心流《てんしんりゅう》という江戸では聞きなれない流派なのもさることながら、兵部の稽古が厳し過ぎるのだ。門人たちは数日と保《も》たずに辞めてゆく。

兵部は一人の兵法者《へいほうしゃ》として、狭い場所で威力《いりょく》を発揮する来栖天心流に不満を抱き、大胆に剣を振るう剛剣《ごうけん》に取り組んでいる。

町道場である以上、道場破りがやって来る。そんな時、大抵の道場は適当な路銀《ろぎん》を渡して帰ってもらうのに、兵部は腕が試せる好機であり、様々な流派の剣を知ることができると歓迎し、遠慮なく打ちのめしてしまう。

こんな融通《ゆうずう》のなさも道場の門人が増えない原因だった。

今日もがらんとした稽古場で一人、型の稽古に勤《いそ》しんでいた。紺の道着に木刀を持ち、正確無比、隙のない動きは練達の剣客であった。二十五歳、六尺近い長身は道着の上からもがっしりとした身体つきだとわかる。肩は盛り上がり、胸板は厚く、首は太い。面長《おもなが》で頬骨の張った顔は眼光鋭い。眦《まなじり》を決して稽古に勤しむ姿は、剣を極めようという求道者の如きであった。

時節同様懐が寒い冬の昼下がり、家主である鈿女屋の主人次郎右衛門がやって来た。控えの間に入ると、がらんとした稽古場を見渡す。寒々とした空間がひろがり、六畳の控えの間は火鉢も置いていない。武芸鍛錬には不要だと兵部は強がっているが、炭を買う金にも苦労しているのだ。

「兵部さま……まことに申し辛いのですが」

言われなくとも用件は察しがついている。家賃の催促だ。

「いくつ溜まっておる」

下手《したで》に出てなるものかと兵部は泰然自若《たいぜんじじゃく》として問いかけた。

「六つでございます」

次郎右衛門は上目遣いで答えた。

「半年分か。それは貯めたもんだな。うむ。必ず支払う。いましばらく、待ってくれ」

軽く頭を下げ、兵部は頼んだ。

「もちろん、兵部さまのこと、信じてお待ち申し上げます。お待ちしますが、手前も商人の端くれでございます。それで……少々、お願い事もございましてな……」

奥歯に物が挟まったような言い回しを次郎右衛門はした。

「必ず払う」

重ねて返すと、

「その……御家老さまに頼ってはいかがでしょう」

左膳は家老であった時の蓄えに加え、作る傘の評判がよく、相応に稼いでいるのだ。ここの家賃半年分くらいなら立て替えも可能であろう。

「それはできん」

言下に兵部は否定した。

父に頼りたくない。

甘えたくはないのだ。

しかし、それこそが甘えだとも思っている。稼ぎがないくせに言えたものではない。

父への意地で次郎右衛門に迷惑をかけている後ろめたさがある。遊んで借金を重ねているわけではないが、家賃未払いであるからには放蕩息子《ほうとうむすこ》と変わりはないのだ。

「困りましたな。いえ、手前は無理に家賃を催促しようとは思わないのです。ただ、この家を譲って欲しいという声がありまして、商人としましては無視できないわけでしてな」

ここを買い取りたい者が出て来たということだ。

「構わんぞ」

と言ったものの、強がりに過ぎないと自覚している。

次郎右衛門はそれをさらりと受け流し、

「それで、でございます。一つ、持ってこいのお話があるのです」

次郎右衛門は兵部の目を見た。

「どんな話だ」

わざとぶっきら坊に兵部は問いかけた。

「さるお武家さまに稽古をつけて頂きたいのです」

次郎右衛門は言った。

「門人を紹介してくれると申すのか」

兵部の問いかけに次郎右衛門はこくりとうなずき、

「入門の支度金と月謝、併《あわ》せて百両をお渡しするそうです」

「百両……それは」

法外な金だ。

事実とすればまさしく朗報である。

「何人だ」

兵部の問いかけに次郎右衛門は再び上目遣いとなって、

「お一人でございます」

と、答えた。

「一人……」

兵部は眉根を寄せ、何者だと問いかけた。

「若年寄、上州下仁田藩五万石の藩主、本堂美作守さまの御家老櫛田《くしだ》孫右衛門《まごえもん》さまのご二子、孫太郎《まごたろう》さまです」

「本堂家の家老の倅か」

兵部はふ～んと首を捻った。

「大名家の御家老さまのご子息の縁と思い、手前も引き受けたのです」

次郎右衛門は言った。

「家老の息子と申しても、おれは浪人だぞ」

兵部は冷笑を放った。

「それはそうですが、櫛田さまはお父上さまの盛名《せいめい》をよくご存じでございます」

「つまり、来栖左膳の息子ならば、倅を預けてもいいということか」

兵部は左膳の威《い》を借りるような気がして、嫌気が差したが、贅沢は言っていられないのも事実である。

「さようでございます」

ずけずけと次郎右衛門に答えられ、返す言葉がない。

次郎右衛門は少しの間《ま》を取り、

「お引き受け頂ければよろしいのですが一つ条件があります」

と、改まった顔で言った。

「聞こう」

答えた瞬間、櫛田孫太郎を入門させるのを引き受けていることに気づいた。

「後日、藩主本堂美作守さまの御前で剣術の試合がございます。その試合で孫太郎さまに……」

次郎右衛門は言葉を詰まらせた。

優勝させせろと言いたいのだろう。それを確かめると、そうですと次郎右衛門は答えてから、

「お願い致します。もし、その願いが叶《かな》えば、櫛田さまは兵部さまに更に百両をお渡しするそうでございます」

「二百両か……」

生唾《なまつば》を呑み込んでしまった。

捕らぬ狸の皮算用である。

「孫太郎殿の技量はいかほどなのだ」

「手前にはよくわかりません。それは、兵部さまがお確かめになるべきと存じます」

次郎右衛門の言う通りである。

引き受けるべきだが、そうやすやすと引き受けてはいかにも足元を見られるという意地、いや見栄《みえ》がある。

「一晩、考えさせてくれ」

兵部の言葉にうなずき、

「わかりました。では、明日、出直します」

次郎右衛門は引き下がった。

そのあっさりとした態度は兵部が間違いなく引き受ける、と確信しているようだ。

次郎右衛門が帰ってから入れ替わるようにして妹の美鈴がやって来た。

美鈴は薄紅の小袖がよく似合う十八歳の娘盛りだ。瓜実顔《うりざねがお》は目鼻立ちが整い、武家の娘と相まってとっつきにくそうだが、明朗で気さくな人柄ゆえ、近所の女房たちとも親しんでいる。女房たちは人柄ばかりか美鈴の学識に感心し、子供たちに手習いを習わせていた。美鈴も子供好きとあって、手習いの指導ばかりか、一緒に遊んでもいた。

美鈴は兵部の弁当を持参していた。

「いつもすまぬな」

兵部は礼を言った。

「いつも暇ですね」

美鈴は痛いところを突いた。兵部は苦虫《にがむし》を噛んだような顔となり、弁当を開けた。大振りの握り飯が三つと沢庵《たくあん》である。いつもと同じ弁当だが文句は言えない。

「ああ、そうだ。長助にな、雨漏りの修繕を頼んでくれ」

天井を見上げ、兵部は言った。

美鈴は困ったような顔をし、

「長助が申しておりました。もう、場当たりな修繕では間に合わない、ちゃんと瓦屋に頼まなければばって……修繕の費用は家主の次郎右衛門殿が出してくださるのではありませぬか」

美鈴も天井を見た。

「まあ、そうだな……」

半年も家賃を溜《た》めている上に、屋根の修繕は頼み辛い。

「兄上も父上を手伝ったらいかがですか。仕事を選り好《え ごの》みしている場合ではないと存じます」

ずけずけと美鈴は言う。

「馬鹿な」

一笑《いっしょう》に伏したものの、笑えた義理でないことは兵部自身が誰よりもわかっている。

美鈴の批難の目を跳ね返すように、

「実はな、入門希望者がおる」

兵部は言った。

「まあ……」

驚きの目をしてから美鈴は、

「本当でございますか」

と、問いかけてきた。

「おまえに嘘を吐《つ》いてどうなる。次郎右衛門の紹介でな、百両を払うそうだ」

つい、自慢口調になってしまった。

「それは凄いですね。次郎右衛門殿の紹介とあれば身元確かなお方なのでしょうね」

美鈴は驚きと共に安堵《あんど》の表情を浮かべた。

「まず、間違いない。上州下仁田藩本堂美作守さまの家老、櫛田孫右衛門殿のご子息、孫太郎殿だ」

「本堂さまと申せば御公儀の若年寄をお務めでございますね」

「さようだな」

「兄上、これは運が開けたのかもしれませんよ。御家老さまの覚え愛《め》でたくなれば

「……」

　美鈴の言葉を兵部は遮り、

「おれは、仕官はまっぴらだ」

　と、右手をひらひらと払った。

「仕官ではありません。門人が増えるのではありませぬか。本堂さまの御家中で、兄上の道場に入門を願う方々が押し寄せるものと存じます。本堂さまの御家中から孫太郎さまに推奨して頂きませ。兄上、福の神が舞い込みましたぞ」

　美鈴らしい積極果敢な提案である。

「おまえは、しっかりしておるな」

　兵部は感心とも呆《あき》れともつかない物言いをした。

「兄上が呑気《のんき》過ぎるのです」

　ぴしゃりと美鈴は言った。

　兵部は握り飯を食べた。沢庵も音を立ててかじる。

　櫛田孫太郎、果たして福の神となってくれるのだろうか。

「さて、稽古だ」

　兵部は腰を上げた。

「後で、お掃除を致しますね」

美鈴は稽古場を清潔にしておかないと、いい稽古はできない、と上機嫌で言った。

「おお、そうだな」

まずは掃除だ。

兵部は木刀を置いた。

無人の道場が急に華やいで見える。やはり、門人で賑やかにならないと町道場らしくはない。

六

明くる二十四日の朝、次郎右衛門の案内で孫太郎がやって来た。

すらりとした身体を羽織、袴に包んでいる。面長の顔は浅黒く日に焼けており、肩幅が広い。袖から覗く腕は太くて逞《たくま》しい。明らかに武芸の修練を積んでいることを物語っていた。

「櫛田孫太郎でござる。こちらの道場に入門をさせて頂きたくお願い申し上げる」

凜《りん》とした声音《こわね》で孫太郎は挨拶をした。

兵部も挨拶を返し、

「入門したい旨《むね》は次郎右衛門から聞いた。藩主本堂美作守さまの御前試合で一番になりたいから、とか」

と、目を見て確かめた。

「左様でござる。拙者《せっしゃ》、なんとしても一番になりたい、いや、ならねばならぬのです」

孫太郎の口調には切迫したものがあった。

「これまでにも、研鑽《けんさん》を積んでおられる道場がござろう」

どうしてわざわざ本堂家外の自分に入門を希望するのか内心で問いかける。その辺のことは孫太郎も察したようで、

「拙者、国許の城下で剣を学びました。上州はご存じのように、馬庭念流《まにわねんりゅう》が主な流派でござる。拙者も馬庭念流を学びました」

馬庭念流は上州に多くの門人がいる流派である。素早く間合いを詰め、懐《ふところ》に入って敵を倒すのが特徴だ。

「しかし、一番を取るには、新しい技の習得が必要と考える次第なのです」

孫太郎は言った。

「ほう、新しい技とは……」

兵部は静かに問いかけた。

孫太郎は兵部の視線を受け止めながら答えた。

「来栖天心流、剛直一本突き《ごうちょくいっぽんづ》きでござる」

剛直一本突きは左膳が編み出した突き技である。

「それは、父の必殺技でござるな」

静かに兵部は返す。

「存じております。兵部殿もお父上の技を継承なさっておられるでしょう。どうか、学ばせて頂きたい」

孫太郎は両手をついた。

「剛直一本突きは父より受け継いだ大切な技でござる。入門したといって即、教えるということはできませぬぞ」

兵部は冷静に言った。

部屋の隅に控える次郎右衛門がはらはらとしている。

孫太郎はうなずき、

「ごもっともでござる。入門させて頂き、拙者の技量を見極め、その上で至らぬと判断なさったなら、その場で破門してくださって結構でござる」

と、返した。

「その言葉、間違いはござらぬな」

兵部は念押しをした。

「武士に二言《にごん》はござらぬ」

孫太郎は目を見開いた。

「よろしかろう」

兵部は入門を許した。

孫太郎は深々と頭を下げてから次郎右衛門を見た。次郎右衛門は手荷物から紫の袱《ふく》紗《さ》包みを兵部に差し出した。孫太郎から託された金子《きんす》であろう。

次郎右衛門が、失礼しますと一礼してから、包みを開ける。二十五両の紙包み、すなわち切り餅が四つ、百両である。

兵部は目で、「確かに」と告げた。

「ならば、早速」

これで入門できたと判断したようで、孫太郎は意気込みを示した。

「ならば、道着を……」

兵部も応じたところで再び孫太郎は次郎右衛門を促した。次郎右衛門は風呂敷包みを兵部に渡した。

「用意してまいりました」

孫太郎は道着持参でやって来たのだった。

「木刀は……」

兵部が問いかけると、

「来栖天心流の木刀にて学びたいと存じます」

孫太郎は言った。

「その心意気やよし」

兵部は立ち上がった。

「まずは、素振《すぶ》りを」

兵部が言うと孫太郎は無言で素振りを始めた。道着を通してもわかる筋骨隆々《きんこつりゆうりゆう》たる上半身である。

孫太郎の太刀筋《たちすじ》は力強く、正確だ。息など少しも乱れず、平然と素振りを繰り返した。

「ならば、手合わせを」

兵部も木刀を手に稽古場の中央に立った。

礼儀正しく一礼し、孫太郎は兵部に対した。

「いざ」

気合いを入れ、左足を前方に踏み出し、腰を落とす、馬庭念流の構えである。馬庭念流は間合いを詰め、相手の懐に飛び込む。

孫太郎もそうした動きをするだろうと兵部は読んだ。

敢《あ》えて、孫太郎に懐に飛び込ませようと誘うように、大上段に構える。

馬庭念流の使い手らしく、孫太郎は敏捷《びんしょう》な動きで間合いを詰めて来た。

兵部は素早く引く。

間髪容れず、誘い込んだ孫太郎の籠手《こて》を狙った。

ところが、孫太郎は兵部の攻撃を避けるように後ずさりをした。思わず、兵部は追いかけた。

孫太郎が大上段から木刀を振り下ろした。

木刀がぶつかり合う鋭い音が響き、お互い、鍔迫《つばぜ》り合いとなった。

身の丈に勝る兵部は伸《の》し掛かるようにして孫太郎を圧倒する。

孫太郎はしっかりと踏み止《とど》まった。微動だにしない強靱《きようじん》な足腰である。孫太郎の研鑽ぶりを物語っていた。

一人の剣客として兵部は無上の喜びを感じた。

二人は鍔迫り合いを演じた後、さっと身体を離した。

「うむ、研鑽を積んでおられるな」

兵部は言った。

「畏れ入ります」

孫太郎は礼を言った。

心地よい汗をかいた。充実の疲労が押し寄せる。

すると、

「ちわ〜酒屋でござります」

と、次郎右衛門から頼まれたと酒屋が角樽《つのだる》を持って来た。

「気が利くな、次郎右衛門」

兵部は孫太郎と酒を酌み交わしたくなった。孫太郎もいける口のようだ。二人は控えの間に入り、茶碗に酒を注いで飲み始めた。

「先生、さすがですな」

孫太郎は言った。

「先生はよしてくだされ」

兵部は照れたが、

「教えを乞《こ》うのですから先生です」

孫太郎は譲らない。

孫太郎に任せることにした。

酒が進むと孫太郎は剣の話題を始めた。孫太郎の剣への想い、古今東西の剣豪についての談義で盛り上がる。

「剣がお好きなのですな」

感心して兵部は言った。

「やはり、武士たる者、剣を疎《おろそ》かにしてはなりませぬ。日夜、研鑽を積むのは当然のことでござる」

孫太郎の言葉に兵部は心の底から賛同した。

「まこと、質実剛健《しつじつごうけん》でおられる。お父上の薫陶《くんとう》の賜物《たまもの》でござろう」

兵部が言うと孫太郎は顔をしかめた。

「父は能吏《のうり》でござる」

いかにも不満そうだ。

「江戸家老であられるゆえ、そうした裁量でござろう」

兵部は理解を示したが、

「いいえ、武芸には無関心、父に関心があるのは、銭《ぜに》勘定でござる。それと、商いですな」

突き放したような物言いで孫太郎は語った。

「商いとは……」

「父は御家を富ますことに頭が一杯でござる。そのため、殿にも産業振興策を熱心に語っておられる」

「若年寄、本堂美作守さまは本堂家の下屋敷を商人に解放しておられますな。それも、お父上のお考えでござるか」

兵部の問いかけに孫太郎は、「困ったものでござる」と顔をしかめてから続けた。

「武士たる者が金儲けにうつつを抜かすとは、武士の風上にも置けぬ……わが父ながら、恥ずかしくて仕方がない」

酔いが回ったせいか、孫太郎は大胆な心情を吐露《とろ》した。

「まあ、そのくらいに」

兵部は諫《いさ》めた。

「身内の恥を晒《さら》し、みっともないことでござる」

孫太郎は頭を下げた。

「いや、まあ、不満をぶつける場もないでござろうからな」

兵部は言った。

「という次第で、父は武芸には無関心なのでござる」

孫太郎は孫右衛門への不満を繰り返した。兵部は黙って耳を傾けた。

すると、不意に孫太郎の顔が輝いた。

どうしたのだ、と兵部は目で問いかけた。

「鯨の紋次郎一味を退治《たいじ》してやろうと思うのですよ」

孫太郎は言った。

「ほう、それは面白そうだ」

兵部も賛同した。

一味の所在を報《しら》せた者には十両の褒美《ほうび》が出ることになっているが、孫太郎は所在通報どころか成敗《せいばい》すると意気込んでいる。

兵部の賛同を得て孫太郎は続けた。

「何も報奨金目当てではござらぬ」

「海賊一味に江戸をのし歩かれたのでは我慢ならぬということかな。それとも、奴らを捕縛できぬ火盗改や町奉行所に業《ごう》を煮やしてでござるか」

語るうちに兵部もやる気になってきた。

「わが殿の濡れ衣《ぎぬ》を晴らすためでござる」

孫太郎は不穏なことを言った。

「本堂美作守さまの濡れ衣とは、いかなることでござる」

兵部は背筋をぴんと伸ばした。

「御老中、関川飛騨守さまがわが殿と鯨の紋次郎一味との関係を疑っておられるのでござる。はっきりと申せば、紋次郎一味を操るのは殿だと……」

「そんな馬鹿な」

兵部は口を半開きにした。

「まさしく、馬鹿げております。殿も気になさっておられません。ですが、家臣として殿の心中を察するに、おそらくは苦衷《くちゅう》の思いかと。論より証拠。それならば、わが手で紋次郎一味を退治してやろうと思いましてな」

淡々とした口調であるだけに孫太郎の悔しさが伝わってきた。

「しかし、何故、関川さまは本堂さまをお疑いなのだ」

　兵部は首を捻った。

「当家の下屋敷を盛り場にした稲田堀……全国の天領から物産を集めて賑わっておる稲田堀に紋次郎一味が関わっているとお疑いなのでござる。先般《せんぱん》、照降町の一膳飯屋で騒ぎを起こした水手、本堂家出入りの廻船問屋に奉公しておりますが、同時に紋次郎一味だと、見当を付けられたようですな」

　とんだ的外《まとはず》れだと、孫太郎は言い添えた。

「海賊退治をするのに反対はせぬが、奴らの居場所を探さねばならぬ。海賊は海が棲《す》み処《か》ではないのか。海は広い……弱気になるわけではないが、二人で探し出せるものかな」

　兵部の危惧に、

「海賊は海で暴れますが奴らとて陸《おか》に棲み処はあります。奴らの隠れ家、当家で摑みます」

　関川が疑うように稲田堀に鯨の紋次郎一味が出入りしている風聞があり、稲田堀に設けてある会所が探索しているのだとか。

「ですから、奴らの所在探索は本堂家家中にお任せくだされ。所在がわかれば先生と共に成敗してやりますぞ」

孫太郎は意気込んだ。

「それなら、おれも力が貸せそうだ」

兵部は破顔《はがん》した。

七

左膳は稲田堀で傘張りの指導を始めた。

会所内の二十畳敷きの広間には数多《あまた》の傘骨が転がっている。会所に詰めた役人の他、与三郎は堀内から希望者を募《つの》り、二十人ほどが集まっていた。中には下仁田庵の娘、お志摩もいた。かき入れ時を過ぎた昼八《やつ》過ぎとあって、手が空いたようだ。

徳川の世以前、人々は頭《あたま》に被る笠と蓑《みの》で雨を凌《しの》いでいたが、今は傘を差す習慣が広まった。

当初は高級品で庶民の手には届かなかったが時代を経るに従って値段が下がる。更に使い古された傘の油紙を剝がし、骨を削って新しい油紙に張り変える、張替傘《はりかえがさ》が出回るようになって庶民の日常品となった。

左膳のような浪人に限らず、台所事情の苦しい武士たちで傘張りを内職とする者は珍しくない。

冬晴れの昼下がり、障子が開け放たれ、座敷一杯に陽光が溢れていた。裏庭が見渡せ、菊が黄色の花を咲かせている。庭一面には張り終えた傘が広げられていた。新しい油紙を張り、その上から刷毛《はけ》で薄く油を塗るため、乾燥させているのだ。浅黄《あさぎ》色、紅、紫、紺など、彩り豊かな傘は真冬に花が咲き誇っているようだ。

長助が張り終えた傘をせっせと庭に並べていた。

与三郎も鋏《はさみ》を使い、見よう見真似で油紙を切り始めたのだが、

「もっと丁寧に……曲がっては使い物にはなりませぬぞ。真っすぐに切るのです」

傘張りの指南となると、つい熱が入ってしまう。生真面目な与三郎は羽織を脱ぎ、汗だくとなって油紙と格闘した。左膳はその中から気に入った物を選り分けて傘に貼ってゆく。

しかし、気に入らない出来の油紙ばかりとあって、傘の骨に付着した古い油紙を剝がす役目をやらせた。

みな、感謝の言葉と共に、手を止めることなく傘張りに勤しんでいた。

すると、

「大変だあ！」

と、男が駆け込んで来た。

与三郎がどうした、と応じる。

「人が死んでいます」

男は唇を震わせながら伝えた。

与三郎は立ち上がった。左膳も腰を上げる。

左膳と与三郎は稲田堀の東端にある稲荷《いなり》へとやって来た。鳥居《とりい》を潜ると手水舎《ちょうずや》の前に男が倒れている。

背中に風呂敷包みを背負った行商人風の男だ。血の海の中だ。左膳は傍らに屈《かが》み、亡骸《なきがら》の様子を確かめた。

鋭利な刃物で咽喉を一突きにされていた。

深く抉《えぐ》られた傷口は刀よりも大きな刃物によると思われた。

「惨《むご》いです」

与三郎は唖然《あぜん》とした。

左膳は男の所持品を検《あらた》めた。風呂敷の中身は飴《あめ》であった。着物の袖には財布が残っていた。所持金は一両と一分《ぶ》、二朱《しゅ》、それに三十文《もん》余りだ。

「飴の行商人のようですな」

左膳は言った。

「物盗りの仕業ではないようです」

与三郎も考えを述べ立てた。

「そのようですな。となると、怨恨《えんこん》……この者を存じておりますか」

左膳は立ち上がった。

与三郎は亡骸に目を凝《こ》らした。首を傾《かし》げながら、

「何度か見かけたことはあります。来栖殿をお連れした蕎麦屋、下仁田庵で蕎麦を食べておりました。言葉を交わしたことはありませんが、目が合うと挨拶をされましたな」

「この堀の者ではないのですな」

左膳が確かめると、

「違います」

与三郎は即答した。

左膳は下仁田庵に行ってみようと提案した。

下仁田庵にやって来た。

「いらっしゃい」

お志摩は戻っていた。

殺しが起きて、今日の傘張り指南は中止となったからだ。

「うどんを食べに来たのではないのだ」

与三郎は言った。

人殺しと関係があるのですか、とお志摩は眉根《まゆね》を寄せた。

「騒ぎを耳にしただろう。東稲荷でな、人が殺された。ここで何度か見かけた男なのだ」

与三郎が言うと、

「人が殺されとは聞きましたけど……うちのお客さんなんですか」

お志摩は目を丸くした。

「飴の行商人なのだがな」

与三郎は言い添えた。

「万吉《まんきち》さんだわ」

下仁田庵の常連客のようだ。

「知っておるのか」

与三郎は問いかけた。

お志摩が言うには、飴の行商人であるゆえ、「飴万《あめまん》さん」と呼ばれていた、江戸の者だという。

「住まいは何処だ」

「知りません」

「身内のこともな」

「ええ、すみません」

お志摩はぺこりと頭を下げた。

「お志摩が悪いわけではない。そうか、すると、万吉は飴売りの行商人という以外、何者かわからないのだな」

与三郎は左膳を見た。

左膳が、

「どうして、稲田堀に足を運んでいたのだろうな」

「元々、この周辺を回っておられたようですよ」

稲田堀ができて、すっかり、気に入り、行商の途次《とじ》に立ち寄るようになったのだそうだ。

「身内に報せたいのだがな、素性がわからぬことには……」

与三郎は困った、と言った。

「この店で親しく言葉を交わしていた者はおらぬか」

左膳が問いかけた。

「そうですね、もう一人、年配の飴の行商人さんといらしたことがありました。その方はあまり、来られませんが……」

お志摩は小首を傾げた。

「何処の飴屋から仕入れておったのか、調べればわかるかもしれませぬな」

左膳は与三郎に言った。

「そういう手立てを講《こう》ずる他はありませぬな」

与三郎はうなずいた。

「それと、下手人《げしゅにん》ですな」

左膳に指摘され、

「もちろんです。この稲田堀で起きたいざこざはわたしが対処しなければなりません」

責任感を持って与三郎は言った。

「稲田堀の出入りは自由ですな」

「それが信条です」

「万吉が恨みで殺されたとして、稲田堀内で恨みを買うようなことをしたのでござろうかな」

左膳はお志摩に万吉の人柄について問いかけた。

「お店ではとっても温厚で優しい方でしたよ。子供が好きで、子供には飴を余計につけてあげていましたわ」

お志摩は万吉の善人ぶりを強調した。

「すると、人から恨みを買うような男には見えなかったというのだな」

与三郎は言った。

「そうです」

お志摩は首を縦に振る。

「すると、恨みではないのでしょうか」

与三郎は左膳に訊いた。

「そう決めつけるのは早計《そうけい》に過ぎますな」

左膳の答えに、

「ごもっとも」

と、与三郎は応じた。

「では、当家で稲田堀内の見回りを強化し、殺しにつきまして聞き込みを行います。それと、万吉の身元も調べましょう」

しっかりと与三郎は請け負った。

すると、奥の調理場からお志摩の父親であるここの主人睦五郎《むつごろう》が出て来た。

「万吉さんですがね」

と、切り出した。

「おとっつあん、心当たりがあるの？」

お志摩が問いかけると、

「心当たりっていう程じゃないんだが」

と、睦五郎は前置きをしてから、万吉と飴の行商人仲間とみられる年配の男とのやり取りを語った。

「いつも、万吉さんは柔和な顔でやり取りをなさっているんですがね、その時に限っては、何やら深刻というか、年配の男から厳しい物言いをされていました」

睦五郎の証言をお志摩が受け、

「商いについて、小言を言われていたってことなのかな」

「そうかもしれねえな」

睦五郎は同意した。

「すると、同じ飴屋から仕入れているのかもしれませんね」

与三郎は言った。

「いかにも」

左膳も賛同した。

「侍とのいさかいはなかったか」

左膳が問いかけた。

「なかったですね。と言うより、申しましたように万吉さんはとっても温和な方なので、誰であれ言い争いなんかもなかったですよ」

お志摩は答えた。

「そうか」

与三郎は考え込んだ。

「いずれにしても、聞き込みが必要ですな」

左膳は話を締めくくった。

左膳と与三郎は表に出た。

与三郎は深刻な顔をしている。

「いかがされた。殺しが起き、責任を感じておられるのか」

左膳の問いかけに、

「いえ、まだ、結論はつけられないのですが、これはひょっとして……」

自分の考えを述べていいのか与三郎は躊躇っている。

「お話しくだされ」

左膳は他言《たごん》せぬと言い添えた。

迷いを吹っ切るように与三郎はうなずき、

「万吉、公儀の手の者ではござりませぬか」

「ほう、それはどうして」

左膳は目を凝らした。

「万吉は稲田堀を探っておったのかもしれませぬ。以前お話ししましたように、御老中関川飛騨守さまは稲田堀と鯨の紋次郎一味の関係をお疑いですから」

「関川さまは隠密を入れる程、疑っておられるのですか。稲田堀を営む本堂美作守さまは幕閣のお一人、若年寄だというのに」

左膳の疑念を受け、

「殿は若年寄です。やがては御老中にもお成りになられるお方です。ですが、それだけに、敵も多いのです」

与三郎は関川が本堂を敵視していると言った。

吹きすさぶ木枯《こが》らしが稲田堀に風雲急を告げているようだ。

第二章　水と油の政《まつりごと》

一

稲田堀からの帰り際、西門近くにある権兵衛の茶店に寄った。

「権爺、なんだかここも騒がしくなったな」

熱いお茶を飲みながら左膳は語りかけた。

「ほんとですな」

権兵衛は空を見上げた。

分厚い雲が垂れ込め、鬱屈《うっくつ》した気持ちを助長している。

「殺されたのは万吉と申す、飴の行商人だがこの店に来たことはないか」

左膳の問いかけに、

「何度かありますよ。愛想《あいそ》のいいお人でね、誰彼となく店にいるお客さんと話していました」

権兵衛の答えは万吉が隠密だと裏付けているようだ。稲田堀で聞き込みをしていたに違いない。

「もう一人、年配の飴売りと一緒に来たこともあるか」

この問いかけにも権兵衛はあると言い、

「お二人は神田三河町《かんだみかわ》の飴屋、大国屋《だいこくや》さんから飴を仕入れているそうですよ」

二人のやり取りからわかったのだと権兵衛は言った。

これで、万吉の素性が確かめられる。大国屋に当たってみよう。与三郎に教えてやろうかと思ったが、まずは大国屋を訪ね、万吉について確かめてからがいいと判断した。

翌二十五日の昼下がり、左膳は神田三河町の飴屋、大国屋を訪ね、万吉について問い合わせた。万吉が殺されたことは大国屋も承知していた。

万吉を見知る者と話したいと頼むと半平太《はんぺいた》という行商人仲間を紹介され、半時後に会う段取りができた。

左膳は、万吉の親分とみられる、半平太に会った。

神田三河町の表通りから一歩入った突き当たりにある茶店である。

「来栖左膳さま、大峰能登守宗里さまの江戸家老をお務めであられたのですね。それが、能登守さまと意見が合わずに御家を去られた……大峰家では未だ気骨あるお方と評判だとか。それゆえ、あなたさまを慕って御家に押しかける家臣もおるそうですな」

半平太は妙にねちっこい物言いをした。

白髪混じりの髪、小太りの身体を縞柄の着物に包み、手拭を吉原被《よしわらかぶ》りにしている。顎《あご》が張っていて、身体つきとは違って長い顔だ。風呂敷包みを持っていないところを見ると、大国屋に置いてきたようである。

左膳の素性を調べ上げていた。驚く程ではない。隠密ならば、それくらいのことはお手の物であろう。会所で傘張りを指南する浪人を調べるのは隠密ならば当然だ。

「そなた、公儀御庭番か」

前置きもなく、左膳はずばり問いかけた。

「そうです、とは答えられませぬな」

その言葉が白状している。

「なるほど、御庭番とは名乗れまい。ならば、座興《ざきょう》として話を続けたい」

左膳は前提条件を設けた。

半平太はうなずく。

「畏《おそ》れ多くも将軍家が稲田堀を監視しておられるのですかな」

左膳は問いを続けた。

「将軍家は稲田堀に注目なさっておられます。何も将軍家ばかりではなく、幕閣のみなさま方は揃って関心を抱いておられますな。何しろ、新しい試みです。成功すれば、公儀として同様な盛り場を大々的に展開されましょうが、よくは思っておられぬ方々もおられますぞ」

半平太は言った。

「成功すれば、公儀の台所は潤《うるお》うのではないのですかな。年貢にのみ頼らず、商いからも一定の税を得られれば、飢饉《ききん》や冷害が起きて米の実りが不足しても慌てることはない」

与三郎の受け売りを半平太にぶつけた。

「その点のみを考えれば確かに魅力ある試みです。しかし、自由闊達《かったつ》な商いはともかく、賭場なども許すとなりますと、それには眉をしかめる者もおる、ということですな」

半平太の言葉にうなずきながらも、

「だが、稲田堀で行われておるのは銭金《ぜにかね》が賭けられておらぬ遊戯である。博打《ばくち》にのめり込み、身を持ち崩すこともなければ、風紀《ふうき》が乱れることもなかろう。実際、稲田堀の賭場を覗いてみたが、賭場特有の鉄火場といった雰囲気はなく、若い娘の嬌声《きようせい》なども上がる至って明るい雰囲気であった」

左膳は反論を加えた。

「いかにも表立っては健全な遊戯でしょう。しかし、物事には裏があるものです」

訳知り顔で半平太は返した。

稲田堀を探る隠密だけに、稲田堀の負の部分を見つけたいのかもしれない。とすると、万吉も半平太も本堂を快く思わない者の手先であろう。

おそらくは、老中関川飛驒守泰孝の手の者なのではないか……。

「万吉の命を奪った者の背後には、稲田堀を快く思わぬ……はっきり申せば、幕閣のどなたさまかがおられるのですかな、それとも賛同するお方が稲田堀の探索を嫌って万吉を殺したのかな」

「さて、わしには見当がつきませんな」

それが半平太の本音なのかどうかはわからない。

「関川飛騨守さまは、稲田堀を快くは思っておられぬ、とか。また、近頃評判の鯨の紋次郎一味が稲田堀と関わっている、ともお疑いとか」

これまた与三郎から聞いた話を持ち出した。

「白雲斎《はくうんさい》さま……大峰家の大殿、白雲斎さまに確かめられてはいかがですか」

惚《とぼ》けた顔で半平太は話題をそらした。

白雲斎とは大峰家の前当主宗長《むねなが》の号だ。

前羽後鶴岡藩主、大峰宗長は二年前までは老中であった。関川飛騨守のことをよく知っているだろう。

白雲斎に確かめてみよう。

二

半平太と別れてから、根津権現《ねづごんげん》裏手にある羽後鶴岡藩中《なか》屋敷を訪れた。

罷免された身であるが、白雲斎は折に触れ、左膳を中屋敷に招き寄せる。隠居の身の気軽さから白雲斎の方から神田佐久間町の左膳宅を訪れることもあった。

かつての主との面談、浪人でも非礼があってはならない。左膳は自宅で着替えてかやって来た。糊《のり》の利《き》いた紺地無紋の小袖に仙台平《せんだいひら》の袴、黒紋付を重ねている。薄曇りの空にもかかわらず、白足袋が眩しいくらいの輝きを放っていた。

一万坪を超える広大な敷地に手入れの行き届いた庭、檜《ひのき》造りの御殿の他、畑が備えられ、近在の農民が季節ごとの青物を栽培している。

大殿こと大峰宗長は隠居し、雅号《がごう》を白雲斎と名乗って悠々自適《ゆうゆうじてき》の日々を送っている。

白雲斎は御殿奥に設けられた書院にいた。

枯山水《かれさんすい》の庭に面した書院は、白雲斎が書見をしたり、絵を描いたりする憩いの場だ。

鈍色《にびいろ》の空から差す薄日を受け、白雲斎は濡れ縁に座し、日向《ひなた》ぼっこを楽しんでいた。

鼠色の小袖に同色の袖無羽織を重ね、裁着《たっつ》け袴という気楽な格好だ。

曇天でも松の緑が白砂に映え、白州の中に配置された大小様々な奇岩《きがん》を眺めていた。

「左膳、おまえから訪ねて来るとは珍しいのう」

白雲斎は切れ長の目を向けてきた。還暦《かんれき》を過ぎ、髪は白いものが目立つ。髷《まげ》も以前のように太くはないが、肌艶はよく、何よりも鋭い眼光は衰えていない。面長の顔に薄い眉、薄い唇が怜悧《れいり》さを漂わせてもいた。総じて老中として幕政に辣腕《らつわん》を振るってきた威厳《いげん》を失ってはいない。

一年半前、還暦を機に突如として老中を辞し、併せて大峰家の家督も宗里に譲った。周囲は急な老中辞職と隠居を訝《いぶか》しんだ。悪い病なのか、あるいは将軍家斉《いえなり》と衝突したのか、大奥との関係が悪化したのか、さらには他の老中たちとの政争に敗れたのか、等々様々な憶測《おくそく》を呼んだが、

「還暦を迎え、後進《こうしん》に道を譲る」

とだけ白雲斎は語るに留めた。

家中の重臣たちには、

「余生《よせい》を趣味に生きたい」

とのみ伝えた。

左膳にも白雲斎の考えはわからない。

今も白雲斎の下《もと》には、幕閣や大峰家中の者たちが出入りをし、政の相談をしているのは公然の秘密だ。従って、大峰家中はもとより、幕政にも大きな影響力を残している。

白雲斎は枯山水の庭に面した書院で左膳と対面した。

「いかがした。帰参《きさん》すること、心に決めたのか」

白雲斎は冗談とも本気ともつかぬ物言いをした。

「わしの居場所などありませぬ」

左膳は苦笑した。

「ま、それはよいとして……」

おもむろに白雲斎は用件を訊いてきた。

「稲田堀についてでございます」

左膳が言うと、

「稲田堀か……」

心なしか白雲斎の目がきらりと光った。

「縁がありまして、稲田堀の会所で傘張りの指南をしております」

と、打ち明けた。

「ほう、そうか」

白雲斎の目元が綻《ほころ》んだ。

「ところが、稲田堀でこのところ不穏な動きがあります。その動きの背後には、本堂美作守さまの政に対する賛成、反対の立場から幕閣の争いがあるような気がします。加えて、海賊、鯨の紋次郎一味が暗躍《あんやく》しているようなのです」

公儀御庭番らしい男が殺されたこと、その上役と会ってきた経緯を左膳は語った。

白雲斎は静かにうなずいた。

「白雲斎さまはいかに思われますか」

左膳の問いかけに、

「どうやら、思ったよりも事は深刻な様相を呈《てい》しておるようじゃな」

表情を引き締め、白雲斎は言った。

「それはいかなることにございますか」

「公儀には考えや主張が異なる者がおる。公儀の台所をいかに潤すかについてじゃ」

おもむろに白雲斎は語り始めた。

幕府は幕府直轄地である天領から収穫できる年貢、つまり米で財政を賄《まかな》っている。

幕府は年貢を増やそうと、新田開発や米価の値上げを計ってきた。しかし、それも限界がある。米価は飢饉や冷害の際には高騰《こうとう》するが、平時には一定の価格を保っている。

対して、物品の流通は盛んとなり、人々の需要の高まりから物価は上がっている。

幕府に限らず大名も旗本も……あらゆる武士の歳入は増えず、出費は増えているのだ。

そのため、本堂のように幕府も商業に重きを置いた財政運営を行うべきという考えが起きている。

これに対し、商いを卑《いや》しいものとする考え方も根強くある。武士は食わねど高楊枝《たかようじ》、これが武士の美徳とされている。質素であれ、倹約は絶対に必要、贅沢《ぜいたく》は敵、という考えだ。

「よって、商いをすることすら嫌う者がおるのじゃ」

石頭がな、と白雲斎はくさした。

「どなたですか」

関川飛驒守を頭に浮かべながら、左膳は問いかけた。

案《あん》の定《じょう》、

「老中、関川飛驒守……」

白雲斎は関川の名を挙げた。

「御老中関川飛驒守さま……」

左膳は繰り返した。

七十を超えながら矍鑠たるもので、いわば幕府の重鎮《じゅうちん》である。口うるさいことで有名だと、白雲斎は苦笑混じりに言い添えた。

また、質素倹約を旨とし、口を開けば無駄を省くと使い道の削減を主張している。

主張するばかりか、自らの暮らしも質素倹約に努めているとか。木綿の着物で通し、食事は一汁一菜《いちじゅういっさい》と決めているそうだ。

倹約ぶりが過ぎて、けちだ、しわいと評判され、「しわ飛驒殿」と二つ名がついている。

「しわ飛驒殿、まことに頑固《がんこ》じゃ。人間、歳を取ると丸くなる者と益々頑固になる者に分かれるものじゃな」

わしも年寄りじゃが、と白雲斎は自嘲《じちょう》気味な笑みを漏らした。しわ飛驒殿こと関川飛驒守は本堂美作守のやり方を苦々《にがにが》しく思っている。

「商いなんぞにうつつを抜かす算盤大名が幅を利かせるようでは世も末だと、のたまっておられるとか」

苦笑混じりに白隠斎は語った。

「関川さまにとって本堂さまは目の仇《かたき》ですか」

左膳も小さくため息を吐《つ》いた。

政に対する考え方の相違、世代の違い、まさしく関川と本堂は水と油である。両者の対立は深刻なようだ。

「それからな、困ったことに宗里の奴が……」

そこまで言って白雲斎は言葉を止めた。

それだけで白雲斎の憂《うれ》いがわかる。

「殿がいかがされましたか」

老中への野心を滾《たぎ》らせる宗里のことだ。何やら不穏な動きを見せているのかもしれない。

「関川に接近しておるようだ。庄右衛門《しょうえもん》を関川殿の屋敷に足しげく通わせておるとか」

庄右衛門とは川上《かわかみ》庄右衛門、左膳が江戸家老を務めていた時の部下である。また、左膳は羽黒方《はぐろがた》と呼ばれる忍び組を束《たば》ねていた。左膳が大峰家を去ってからは、庄右衛門が受け継いでいる。現在、庄右衛門は宗里の側用人《そばようにん》となっている。

羽黒方とは鶴岡藩大峰家、累代の忍びである。出羽三山《さんざん》の一つ羽黒山は古《いにしえ》より修《しゅ》験道《げんどう》の聖地、羽黒組も修験道を学び、修験者との繋《つな》がりを活用して忍び働きをしてきた。

戦国の世には上杉《うえすぎ》の忍び軒猿《のきざる》と競う程の忍び集団であった。このため、出羽から越《えち》後《ご》、越中《えっちゅう》、能登《のと》、加賀《かが》に勢力を伸ばした大名たちに雇われていた。特定の大名に仕えることはなく、銭で雇われて諜報《ちょうほう》活動に従事した。上杉と織田《おだ》が対立し始めると、羽黒組は織田の北陸方面大将だった柴田勝家《しばたかついえ》に雇われる。勝家が上杉の勢力を能登、越中から駆逐《くちく》し、越後に押し戻すことに貢献した。

この働きは高く評価され、徳川《とくがわ》の世となり、大峰家が入封《にゅうほう》し、泰平の御代《みよ》となっても生き残ることに繋がる。忍びの役目はなくなってしまっても、累代に渡って大峰家に仕えるに至る。

二代藩主、宗高《むねたか》が老中を務めたのをきっかけに、羽黒組の中で特に優れた者を選抜し、幕府に召し抱えた。伊賀組《いがぐみ》、甲賀組《こうがぐみ》と共に江戸城の警固を担《にな》い、島原《しまばら》の乱、由比《ゆい》正雪《しょうせつ》の乱に当たっては諜報活動もした。

が、その後、八代将軍吉宗《よしむね》の御代となり、吉宗が紀州《きしゅう》から連れてきた御庭番《おにわばん》が幕府の諜報活動を担うようになり、忍びの役目を事実上終える。

国許に残った羽黒組は鶴岡城に、江戸に出て来た者たちは江戸藩邸にあって、忍びの術を武芸の一環として教える役目を担うようになる。

左膳はそんな羽黒組を束ねていた。

白雲斎こと宗長は二代藩主宗高以来の老中となった。老中職を全うするため、左膳に羽黒組を活用したいと申し入れる。公儀《こうぎ》御庭番とは別に、全国の大名の動き、京都、大坂、長崎などの重要直轄《ちょっかつ》都市の情勢を羽黒組の諜報活動によって把握したいと願ったのだ。

左膳は受け入れ、自ら武芸鍛錬を施したばかりか、国許に送った。国許では、羽黒山に棲む草薙法眼《くさなぎほうげん》という修験者にして武芸者の下で修行させた。肉体と精神が鍛えられ、忍びとして一人前になった者を左膳は使い、諜報活動に従事させたのである。

また、江戸藩邸詰めの羽黒組の面々には傘張りも奨励《しょうれい》した。羽黒組に属する者は家禄の低い平士《ひらし》ばかりのため、平時、諜報活動に当たっていなくても暮らしの助けになるようにという左膳の配慮だ。

白雲斎は羽黒組から得た情報を平穏のために使った。大名家で御家騒動が勃発《ぼっぱつ》しそうだと探知すると、評定所で詮議《せんぎ》し、厳しい処罰を下すのではなく、幕府が介入する前に争いの火種を取り除くような動きをした。騒動を表沙汰《おもてざた》にせず、密かに解決に導いた。このため、白雲斎に感謝する大名家は多い。

白雲斎が老中と大峰家当主を辞し、左膳が大峰家を離れてから羽黒組はすっかり弱体化しているらしい。

「宗里は関川殿の機嫌を取っておるのであろう」

馬鹿な奴だと白雲斎は言った。

すると、家臣が白雲斎に耳打ちをした。白雲斎は薄笑いを浮かべ、

「噂をすれば影じゃ」

と、言ってから、「通せ」と家臣に命じた。

「庄右衛門じゃ。おそらくは、宗里に言われたのであろう」

白雲斎が言ったところで川上庄右衛門がやって来た。裃《かみしも》に身を包んだ庄右衛門は白雲斎に挨拶をしてから左膳に気づき、

「これは御家老、いやあ、丁度よかった」

と、笑顔を送ってきた。

「だから……わしは家老ではない。何度申したらわかる」

左膳は苦い顔をした。

庄右衛門は左膳が大峰家を離れても、「御家老」と呼んで憚《はばか》らない。

「わかっておりますが、拙者にとりましては江戸家老と申せば来栖左膳さま以外にはおりませぬ。拙者だけではござりません。家中の者も、そして殿も、そうお考えです。それが証拠に江戸家老の職は空席でありますぞ。いつでも、来栖さまがお帰りになれるようにとの配慮です」

白雲斎を横目に見ながら庄右衛門は言った。白雲斎は黙っている。

「殿の気紛《きまぐ》れじゃ。それにな、わしに帰参の気はない……そのことはよいとして……

なんだ、丁度良かったとは」

左膳に問われ、「そうでございました」と庄右衛門は手で膝を打ち、

「殿から特別の傘を作って欲しい、御家老に頼んでくれ、と命じられましてな、今朝、神田の御屋敷に伺ったのですがご不在でしたので、明日出直そうと思ったところだったのです」

「特別な傘とはどんなものだ」

左膳が問い直すと、

「その……何でございます。特別誂《あつら》えの……とても美しく、特別に強い雨も凌《しの》げる、特別に上等な傘です」

庄右衛門が特別という言葉を連発しながらも抽象めいた説明しかできないのは、宗里から具体的な指示がないからであろう。

すると白雲斎が口を挟んだ。

「宗里、関川殿に贈るのではないのか」

庄右衛門は白雲斎に向き、

「さすがは大殿、ご明察《めいさつ》の通りでございます」

と、感心した。

「感心しておる場合か。宗里は関川殿に取り入っておるのか」

「関川さまから色々と政のご指南を受けておるのでござります」

屋敷を訪問する際、手ぶらでは行けない。かといって、賂を受け取らないのが関川である。これまでは国許の名産を土産としたが、それもネタがつきてきた。

そこで、左膳の傘を思い出したのだそうだ。

「ですから、御家老、どうぞよろしくお願い致します」

庄右衛門は再び頼んだ。

「特別と申してもな……」

左膳は思案をした。

「宗里に申せ、妙な動きは慎《つつし》め、となＪ
白雲斎が戒《いまし》めたが、

「それをお聞きになる殿ではありませぬぞ」

困り顔で庄右衛門は返した。

ともかく庄右衛門の苦境を救ってやろうと左膳は思い立った。

「わかった。特別というのはよくわからぬが、ともかく丹精《たんせい》を込めた傘を作る。殿の、いや、関川さまのお気に召すかは保証の限りではないがな」

左膳の言葉を助け船と感じたようで、

「ありがとうございます」

安堵《あんど》の表情で庄右衛門は礼を言った。

三

その頃、大峰宗里は父白雲斎が危惧《きぐ》した通り、江戸城桜田門《さくらだもん》近くにある関川飛驒守泰孝の上屋敷《かみやしき》を訪れていた。

関川は御殿の奥書院で宗里を迎えた。非番とあって裃ではなく略装だ。地味な木綿の小袖、焦げ茶色の袖無羽織を重ねていた。冬が深まり、高齢にもかかわらず火鉢も置いていない。

古希《こき》を過ぎ、肌艶も眼光も歳を感じさせない逞《たくま》しさを湛《たた》えていた。

宗里は丁寧に挨拶をし、

「御老中におかれましては、ご健勝のご様子、心よりお喜びを申し上げます」

「いやいや、わしも歳じゃ。白雲斎殿が羨ましい」

関川は鷹揚《おうよう》に言った。

関川の一子、千代之助《ちよのすけ》は齢十《よわいとお》の元服《げんぷく》前だ。関川には四人の男子があったが、長男、次男が病没、三男は他家に養子に出していた。関川にしてみれば、千代之助が元服し家督を継ぐまでは現役の藩主、老中でいなければならないのだろう。

愛妾《あいしょう》に産ませた子、六十の高齢で授かった子供とあって目に入れても痛くはない、とは専《もっぱ》らの評判である。

「白雲斎殿は能登守殿のようなご立派な跡継ぎに恵まれておられる」

世辞《せじ》ではなく関川は心底から羨《うらや》んでいるようだ。

「拙者、まだまだ未熟者でござります」

さすがに宗里は謙遜《けんそん》した。

「わしも一日も早く隠居したい。それが許せばな……許さぬのは何も千代之助のためではない。千代之助に家督を譲るのは、所詮《しょせん》は私《わたくし》の事情だ。畏れ多くも上さまの年寄として政を担う身である以上、公儀の政が正しく行われるのを見定めたい。見定めるまでは退《ひ》くに退けぬ」

口調は穏やかながら関川の目は断固たる決意に彩《いろど》られている。

「御老中は一命を賭《と》して公儀のために奮闘《ふんとう》なさっておられます。拙者、心の底から感《かん》服致《ぷく》し、お手本にしとうござります」

見え透いた世辞を承知で宗里は言った。

関川は満更でもなさそうに頰を緩め、

「近頃の若い者は目先の物珍しさに惑《まど》わされる」

「まさしく」

すかさず、宗里は同意した。

「能登守殿のような御仁《ごじん》ばかりであれば、そう、能登守殿が幕閣に入ったなら、わしも安心して政から退けるのう」

「ありがたきお言葉にございます」

宗里は喜びで頰が緩んだ。

「ところで、本堂殿が営んでおられる稲田堀とやら、中々の評判のようであるが」

ここで関川は言葉を止めた。

宗里に意見を求めているようだ。まかり間違っても賞賛の言葉を使ってはならない、と宗里は気をつけて語った。

「拙者、出向いたことはありませぬので、確かなことは申せませぬが、ああいう浮かれた場所には武士が足を踏み入れるべきではないと存じます」

我が意を得たり、とばかりに関川は力強くうなずく。

次いで、

「だが、幕閣の中にはあれをよしとする者もおる。公儀の台所を潤す、とな」

関川は渋面《じゅうめん》を作った。

「馬鹿な考えと存じます」

毅然と宗里は否定した。

「まさしく馬鹿げておる」

関川は断じた。

「そのような考えは卑しき、金に目が眩《くら》んだ者の考えだと存じます」

宗里は言った。

「公儀の台所は、畏れ多くも神君家康《しんくんいえやす》公以来、年貢によって賄われておる。商いによって得る卑しき金子などには頼ってはならぬのじゃ。金は人心《じんしん》を惑わし、政を腐敗させる。むろん、人は銭金《ぜにかね》がなければ生きてはいけぬ。よって、銭金を稼ぐことは悪くはない。尊いことだ。しかし、暮らしのためではなく、人は欲得のために大金を得たくなるものじゃ。すると、その時から堕落《だらく》が始まる。金のために仕事を行い、金に使われるのじゃ。金は使うもの、使われるものではない」

関川は滔々《とうとう》と語った。

「含蓄《がんちく》のあるお話、身も心も清からになる思いでございます」

感激の面持《おもも》ちで宗里は言った。

「米は大地の恵みである。大地の恵みに感謝をし、政は行わねばならぬのだ」

関川は話を締め括った。

宗里はひたすらに畏れ入った。

「ところで、次回参ります時には、御所望《ごしょもう》の傘を持参したいと存じます」

宗里は言った。

関川はおやっとなり、

「傘とな……」

と、呟いた。

「はい。来栖左膳の傘でございます」

宗里は答えた。

「おお、そうであったな」

関川はうっかりしておったと言い添えた。

宗里はうなずき、

「それにしましても、来栖の傘、よくご存じでございますな」

「来栖の傘がそれは見事だとは、耳にしておるのじゃ。来栖は大峰家の江戸家老であったのであろう」

関川の目は、何故家老職を辞したのだと問いかけている。

宗里は言葉に詰まったが、

「来栖は一徹者《いってつもの》でございまして、それがしと政を巡りまして考えが合わず、当家を辞したのでござる。まあ、一時のいさかいとそれがしは思っておりますので、いずれ帰参させようと考えております。従いまして江戸家老の席は空《あ》けております」

宗里は言った。

「さようであるか。それほどに信頼を寄せておるのだな。では、近頃も大峰家との縁は切れておらぬのじゃな」

関川に問われ、

「さようでござるが……御老中にあられては来栖のことは気がかりでございますか」

宗里は訝《いぶか》しんだ。

「特に関心ということはないが、来栖左膳は名の知れた男ゆえな。かねてより白雲斎殿も信頼厚き者と耳にしておった」

「では、是非にも来栖の傘を持参致します」

両手をつき、宗里は奥書院を辞した。

大峰宗里が帰ってから関川は奥書院の濡れ縁に出た。男が沓脱石《くつぬぎいし》の脇で控えている。

「半平太、来栖左膳が稲田堀に通っておるのじゃな」

関川は声をかけた。

半平太は面《おもて》を上げた。

小杉《こすぎ》半平太、関川家探索方頭取である。

「万吉殺し、来栖左膳は興味を抱いております」

半平太は答えた。

「来栖左膳、本堂家の犬になっておるのか。ひょっとして、本堂家の家老になるのではないか。本堂家は今年の夏、江戸家老が死に、空席となっておるぞ」

関川は勘繰った。

「違うようです」

「では、何故、稲田堀に頻繁《ひんぱん》に出入りし、本堂家の者に傘張りの指南をしておるのだ」

「来栖の好意のようでござります。稲田堀会所の頭取を務める本堂家用務方、船岡与三郎と懇意《こんい》になり、それゆえのことであるようです」

「私的な繋がりと申すか」

尚も疑わしそうに関川は首を捻った。

「拙者も疑いましたので、かなりしつこく嗅《か》ぎまわりました。その結果、船岡との私的な縁での稲田堀出入りに相違ございません。ただ、一つ気がかりなのは櫛田孫太郎でございます」

「櫛田孫右衛門の倅であるな。倅がいかがした」

「来栖の倅、兵部の道場に入門したのでございます」

「来栖の倅は兵法者か」

「中々の腕、孫太郎とまずは互角《ごかく》でございます。それと、当家の兵法指南役藤田伝《ふじたでん》十郎《じゅうろう》殿とも」

半平太の言葉に関川は目を凝《こ》らした。

「ならば、やはり来栖は本堂家と結びつきを強くしておるのではないのか」

「それが、兵部は父親とは必ずしも考えを同じくせぬ、一徹者の兵法者でございましょう」

今回の櫛田孫太郎の入門も来栖左膳の稲田堀関与とは無関係でございます。

「すると本堂家と来栖左膳、まことに繋がりはないのじゃな」

関川の疑いは晴れない。

「こちらが危惧するように、本堂家及び稲田堀と結託《けったく》しておるようではありませんが、申しましたように万吉殺しには深い興味を抱いたようで、下手人を探し当てることに腐心《ふしん》しております」

半平太は言った。

関川は不機嫌になった。

「それで、万吉殺しの下手人は不明のままなのじゃな」

「稲田堀は町奉行所の関与ができませぬ。本堂家の会所に詰める役人どもが下手人探索を行っておりますが、無能揃いとあって、今のところ手がかりすら摑《つか》めておらぬようです」

「よいか、あれは、鯨の紋次郎一味の仕業《しわざ》であるのだぞ」

関川は断じた。

「あの喉の傷跡は紋次郎一味が得意とする銛での一突き。それに気づかぬとは、稲田堀会所の者ども、まことに無能の極みでござります。それと、これは偶然の産物なのですが来栖左膳が得意としておるのは突きでございます。それは、見事な突き技で来栖天心流《てんしんりゅう》剛直一本突きと称しておるとか。目下、孫太郎が来栖の倅より学んでおるは紋次郎一味に殺されたのじゃ。世間にそのように思わせよ」
「とにかく、万吉殺しの下手人は鯨の紋次郎一味じゃ。稲田堀を探索しておった万吉
のも剛直一本突きでござります」

関川は命じた。

半平太が承知をすると、

「本堂美作守の方でもわしの動きを警戒しておるのかもしれぬな」

と、関川は警戒心を呼び起こした。

「その可能性はあります」

半平太はうなずいた。

「稲田堀を潰《つぶ》すのじゃ。潰すに当たって、それなりの大義《たいぎ》、名分《めいぶん》が必要であるが、さて……賭場はどうじゃ」

「賭場は何とも和《なご》やかでござります」

半平太は稲田堀で行われている賭場の実態を話した。

「博徒、やくざ者でなくとも気兼ねなく遊べる賭場なんぞ賭場ではないではないか」

「遊戯施設でござります」

「それでは、稲田堀会所とて儲かりはしないだろう」

「稲田堀の会所は儲ける気はないようです」

「わけのわからんことをしおって。きっと、魂胆《こんたん》があるのじゃ」

関川は言った。

「ところが、会所頭取の船岡与三郎という男、まこと朴訥《ぼくとつ》な男でござりまして、企《たくら》みとか陰謀といった暗さがまるで感じられませぬ」

「見せかけではないのか」

関川は疑念を解かない。

「まずは、真っすぐな男と存じます」

「では、万吉のことも隠密とは疑ってはおらなかったのじゃな」

「その通りでござります」

半平太は言った。

「そうか……」

関川も考えに窮《きゅう》するようだった。

「ところで、このところ大峰能登守さまがたびたび来訪なさいますが……」

半平太は宗里に話題を向けた。

「あれは、考えの浅い男じゃ。己の出世のことしか頭にない。それだけに、使いようはあるのじゃがな」

関川は笑った。

「そういう人間は怖いですぞ。いかようにもなびくものです」

半平太は言った。

「まこと、そなたの申す通りじゃ」

関川は考える風《ふう》であったが、左膳と稲田堀、櫛田孫太郎を警戒するように命じた。

「承知しました」

と、半平太は答えたが、

「殿、探索などというまどろっこしいことはここらでやめませぬか」

「ならば、いかにせよと申す」

関川の目が光った。

「本堂美作守を……」

半平太は言葉を止めた。

「殺すか」

「御意《ぎょい》」

「それはどうかな」

「躊躇われますか」

半平太は暗い目をした。

「臆《おく》してなんぞおらぬが、本堂が殺されれば、都合はよくない」

「殺しとみなされないようにすればよろしいと存じますが」

「いや、たとえ、事故、急病に偽ろうと、本堂が死ねば、本堂の志を継ぐべし、と唱える者が現れよう。そうなっては、却《かえ》って稲田堀は盛り上がり、公儀の看板となるかもしれぬ。それは、断じて許せぬ」

関川は決意の炎で瞳を燃え上がらせた。

「承知しました。では、本堂美作守と稲田堀の名が地に堕《お》ちるように工作します」

「そうせい」

関川はしっかりとした口調で命じたが、

「いかがする……」

任せると言いながら気になるようだ。

「抜け荷、闇の賭博など、思いつくままに仕掛けようと思います。もちろん、鯨の紋次郎一味と深く関わっている、とも」

半平太の答えに、

「ありきたりであるが、まあ、それでもよい。ともかく、本堂が私腹を肥やす強欲な男であり、稲田堀は悪の巣窟《そうくつ》だとわかるよう……そう、わかりやすいように致せ。鯨の紋次郎一味を操るのは本堂美作守、とは読売《よみうり》が好みそうな醜聞じゃ」

底意地の悪そうな笑みを関川は浮かべた。

「畏《かしこ》まってござります」

半平太は首を垂れた。

「面白くなってきたぞ」

関川は両手をこすり合わせた。

「殿、お人が悪いですな」

半平太の言葉に、

「政は悪人でなければできぬ」

公然と関川はうそぶいた。

「御意」

半平太は頭を下げた。

四

明くる二十六日の昼、左膳は兵部の道場を覗いた。曇天模様で夕刻には雨になりそうだ。

武者窓越しに稽古の声が聞こえる。気になり、格子の隙間から稽古の様子を覗いた。紺の胴着に身を包んだ兵部と見知らぬ男が型の稽古をしていた。本堂家家臣、櫛田孫太郎であろう。

来栖天心流、剛直一本突きを孫太郎は習得しようとしている。藩主の御前試合に出場し、優勝するために孫太郎は入門した、と兵部は言っていた。

見たところ、孫太郎の腕は相当なものだ。あの腕なら、兵部に学ばなくとも優勝を狙える。

突きと言えば、稲田堀で殺された万吉、鮮《あざ》やかな突きで倒されていた。刀ではない刃、おそらくは鑓《やり》……。

いや、ひょっとして銛《もり》ではないか。

銛で突き殺されたとすれば、鯨の紋次郎一味の仕業だと想像できる。おそらくは関川の隠密であったであろう万吉は稲田堀と紋次郎一味の関係を探るうちに殺されたのではないか。

すると、稲田堀と鯨の紋次郎は深い繋がりがあるのだろうか。

そんな思案を巡らせていると、

「父上」

背後から声をかけられた。

振り向くと美鈴であった。弁当を持って来たそうだ。

「中に入ればよろしいではありませぬか」

美鈴に言われたが、

「いや、よい」

左膳は頭を振った。

「道場が気になっていらしたんでしょう」

美鈴が言うと、

「まあ、それはそうだが」

左膳は曖昧《あいまい》に返事をした。

「おかしな、父上ですこと」

美鈴はくすりと笑った。

「あ、そうそう、屋敷に川上さまがいらしていますよ」

きっと、傘を取りに来たのだろう。

「わかった」

左膳は屋敷に戻った。


鈿女屋から借りている屋敷は神田佐久間町にあり、敷地二百坪だ。母屋、物置の他に傘張り小屋がある。その名の通り、傘張りに勤しむための小屋だ。

板葺き屋根、中は小上がりになった二十畳敷が広がっていた。戸口を除く三方に格子窓が設けられ、風通しを良くしている。

果たして、傘張り小屋で庄右衛門は待っていた。裃ではなく、羽織、袴姿である。

「これでどうだ」

左膳は傘を三本、庄右衛門に示した。

「これは、鮮やかでござりますな」

庄右衛門は感心した。

朱色、紺、黄の三本を左膳は用意していた。

「ありがとうございます」

庄右衛門は宗里から預かってきた金子を差し出した。

その中から、

「これだけでよい」

左膳は一両だけを受け取り、あとは返した。

「御家老、遠慮なさらず」

庄右衛門は言ったが、

「遠慮ではない。矜持《きょうじ》だ」

毅然と左膳は返した。

「ごもっとも」

左膳の一徹さを知る庄右衛門は、それ以上は勧めなかった。

「ならば、殿によしなにな」

素っ気なく左膳は言い添えた。

「承知しました」

庄右衛門は一礼して腰を上げようとした。

ふと、

「殿は関川さまに追従《ついしょう》しておられよう」

られるのか。関川さまは、稲田堀を苦々しく思っておられよう」

左膳は庄右衛門を引き留めた。

「そのようです」

気まずいようで庄右衛門は短く答えた。

「ならば、殿も稲田堀は快く思われておられぬのだな」

左膳の言葉に、

「それは、その……」

庄右衛門は言い辛そうである。

「まあ、よい。一度、お忍びで見物なさったらよいのだ」

左膳が言うと、

「まさしく」

我が意を得たりとばかりに庄右衛門は両手を打った。

「なんだ、おまえ」

「わたしもお勧めしようと思っておったところなのです」

「ならば、勧めよ」

左膳の言葉にうなずき、

「承知しました」

庄右衛門は請け負った。

安請け合いかと危惧し、

「頼んだぞ」

左膳は念押しをした。

「ところで、稲田堀ですが、拙者をお供にして頂けませんか」

やおら、庄右衛門は言った。

「わしの供でなくとも勝手に行けばよいだろう」

素《そ》っ気《け》なく左膳は言った。

「ですが、せっかくですので」

庄右衛門は是非ともご一緒させてください、と繰り返した。

「勝手にしろ」

左膳は冷たく言い放った。

一時《いっとき》後、左膳は長助を伴って稲田堀にやって来た。庄右衛門も一緒である。長助は宗里へ贈る傘三本を風呂敷に包んで持ち歩いていた。黒い雨雲が垂れ込め、今にも降ってきそうだ。

西門を入った途端に、

「いやあ、賑わっておりますな」

庄右衛門は目を輝かせた。

先に長助を会所に行かせ、左膳は庄右衛門を伴って堀内を散策した。

庄右衛門は四辻《よつつじ》の真ん中で繰り広げられる大道芸に見入り、見世物小屋を楽しんだ後、屋台の寿司屋に入り、江戸前の魚を味わった。殿のために、と言い訳をしながら庄右衛門は稲田堀を満喫した。

「日本橋や両国の盛り場がそのまま移ってきたようですな。いや、それればかりではありません。全国の名産を手に入れることができる。まさしく、ここにいれば日本中を旅できるようだ」

興奮気味に庄右衛門は語った。

富士塚《ふじづか》で富士信仰を行い、伊勢参りし、京の都の神社にも参詣《さんけい》する。まさしく江戸に居ながらにして全国を漫遊《まんゆう》できたのだ。

酒も上方《かみがた》の下《くだ》り酒を飲むことができる。しかも、破格《はかく》の値段であった。

「言うことはありませんな」

庄右衛門は頬を酒で赤らめながら感嘆の言葉を吐き出した。

「楽しんでおるようじゃな」

左膳が言うと、

「帰るのが嫌になる程ですな」

すっかり調子のいいことを言い出した。

「殿が知れば、なんと申されるかな」

左膳は言った。

「殿もきっと、満足なさり、当家の下屋敷にて同じ試みを行われるのではないでしょうか」

と、答えたものの、じきに顔を曇らせた。

「そうか」

左膳は庄右衛門の心の内を察知した。

「お察しの通り、殿は関川さまに取り入ろうと必死でございます。本堂さまを敵視する関川さまが、稲田堀を楽しまれるはずはありません」

庄右衛門は、こんなに楽しいのに、と残念そうに唇を噛んだ。

「しかし、殿とて、稲田堀を御覧になれば、気持ちが変わるのではないか」

左膳の見通しを庄右衛門はうなずきながらも、

「しかし、殿は関川さまへの追従から、ここには足を踏み入れますまい」

「ならば、敵を知るのが兵法の基本、とでも申したらどうだ」

左膳の考えに、

「なるほど、それなら、殿の面目《めんぼく》も立ちますすな」

「そういうことだ。殿も遊びが好きなお方、ここを御覧になればきっと気に入る。心が稲田堀に向けば、関川さまへの気持ちも鈍《にぶ》ろう。さすれば、関川さまも本堂さまを何が何でも退けようなどとは思われまい」

左膳の見通しを受け、

「おっしゃる通りですな」

庄右衛門も納得した。

「ならば、そなた、なんとかして殿をお連れせよ」

左膳の依頼を、

「承知しました。わたしもいたずらに争うよりは、楽しく進めばよいと思います」

「楽しい必要はないがな」

左膳は笑った。

「おっしゃる通りです」

庄右衛門は頭を下げた。

五

その日の夕刻、大峰家上屋敷の広間で庄右衛門は宗里に拝謁《はいえつ》した。冷たい雨がそぼ降り、寒さひとしおである。

左膳の傘を渡し、金子《きんす》の残りを添える。宗里は家臣たちを遠ざけ、庄右衛門との面談に及んだ。

庄右衛門は上段の間の近くまで呼び寄せられた。

「左膳らしいのう」

金子を見ながら宗里は言った。

庄右衛門はうなずいてから、

「ところで、稲田堀についてでございますが……」

庄右衛門が切り出すと、

「なんじゃ」

宗里の目が尖《とが》った。

稲田堀と聞いただけで過敏になっているのである。

「一度、足をお運びになられるのも一興《いっきょう》であろうと存じます」

思い切って庄右衛門は提言をした。

「わしに風紀の乱れた汚らわしい盛り場に行けと申すか」

宗里は両目を吊り上げた。

「殿、敵を知り、己を知らば百戦しても恐れるに足りず、と申します」

もっともらしい庄右衛門の言い方に、

「う〜む、なるほど……」

宗里は思案を始めた。

「いかがでございましょう。稲田堀がいかに堕落した場であるかを調べ上げられれば、関川さまもお喜びになると存じます」

庄右衛門は言った。

「そうじゃのう」

満更《まんざら》でもないように宗里は考えを傾けた。

「いかがでございましょう」

　庄右衛門は迫る。

「そうじゃのう……」

　決心がつかないのか宗里は躊躇《ためら》いを示した。

「拙者がご案内致します。稲田堀には来栖さまもおられます」

「傘張りの指南をしておるのだったな」

　宗里は顎をかいた。

「さようにございます」

「面白い」

　宗里は稲田堀にゆくことを承知した。

　神無月の晦日《みそか》、宗里は庄右衛門と僅かな供回りを従え、お忍びで稲田堀にやって来た。羽織、袴に身を包み、宗匠頭巾《そうしょうずきん》を被り、しかめっ面で堀内を散策する。

「ふん、珍しくもない」

　最初はくさしていた宗里であったが、大道芸を見物しているうちに頬を緩めた。供の者たちも歓声を上げている。

「面白いですな」

庄右衛門が語りかけると、

「面白くないこともないな」

素直には楽しまない宗里であるが、内心では満足していることは明らかである。

「左膳が傘張りを指南しておるのであったな」

ふと思い出したように宗里は言った。

「ご案内致しましょうか」

庄右衛門の申し出に、

「そうじゃな。奴の顔は見たくもないが、旧主が訪れたとあったら喜ぶだろう。左膳を喜ばすこともないが、まあ、慈悲をかけてやろうぞ」

宗里は応じた。

「では、こちらです」

庄右衛門は会所へと案内に立った。

庄右衛門は一礼してから中に入る。小上がりの座敷に居た左膳と目が合った。

「御家老、殿をお連れしました」

庄右衛門が告げると左膳は入ってもらうように言った。

程なくして宗里たちが入って来た。お忍びということで身分を伏せたままである。

みな、楽しそうに傘を張っている様子を宗里は興味深そうに眺めた。

「殿もいかがですか」

左膳は宗里に傘張りを勧めた。宗里は戸惑いながらもやってみようと応じた。

傘の骨を取り、興味深そうに眺めやると見よう見真似で刷毛で骨に糊をつけた。

「そうではございませぬぞ」

左膳は容赦《ようしゃ》なく注意をする。

すると、慌ただしく腰高障子が開いた。船岡与三郎が血相を変えて飛び込んで来た。

左膳に気づくと、

「大事出来《だいじしゅったい》です」

と断ってから、会所に詰めている本堂家の者たちにすぐに捕物の支度をするよう求めた。

「捕物……」

左膳が問いかけると、

「盗賊どものようです。ここにいらしてください」

与三郎は左膳に軽く頭を下げると、家臣たちと共に慌ただしく出て行った。

家臣たちは、袖絡、突棒、刺又といった捕物道具を持って与三郎に続いた。

「左膳！」

宗里は居ても立ってもいられないようだ。

「殿、ここからお出にならぬがよろしかろうと思います」

左膳が釘をさすと、

「御家老の申される通りにござります」

庄右衛門も言い添えた。

「そうか……」

宗里は応じたものの落ち着かない様子だ。それを察し、

「では、わしが見て参ります」

と、左膳が腰を上げた時だった。

乱暴に腰高障子が開けられ、男が二人飛び込んで来た。黒覆面で顔を隠し、縞柄《しまがら》の着物の裾《すそ》を尻はしょりにしている。

そして、手には銛を持っていた。

「なんじゃ、その方ら」

宗里が立ち上がった。

二人は銛を手に迫って来た。

「殿！」

庄右衛門が叫び立てる。

咄嗟《とっさ》に左膳は手近に転がる傘を開き、くるくると回転させた。二人の敵は立ち止まる。

左膳は傘を回したまま二人に迫る。

二人は後ずさり、腰高障子を背負った。

傘を閉じると左膳は柄を両手で摑み、ろくろで二人の胸を突いた。傘を使った電光《でんこう》石火《せっか》の突きを食らい、二人は後方に吹っ飛んだ。

腰高障子が倒れ、二人は外に投げ出される。

寒風が会所に吹き込み、開かれた傘が舞い上がった。

宗里は引き攣《つ》った顔のまま立ち尽くしている。

「庄右衛門、殿をお守り致せ」

左膳は傘を持ったまま表に出た。

往来に這いつくばった盗賊二人を与三郎たちが捕縛した。

　そこへ、黒覆面、銛を手にした連中が十人余り殺到して来た。

　その中の一人が喚き立てた。

「大峰能登守出て来い」

　その声は会所の中にも及んだ。

　宗里が色めき立った。

　それを庄右衛門が、

「殿、挑発に乗ってはなりませぬぞ」

　宗里は黙ってうなずく。

　黒覆面の男たちは会所の前に集まった。

　やおら、男たちは漁で使う網を取り出した。

　与三郎と会所役人が、

「おのれ、何者ぞ」

　と、敵と対峙《たいじ》する。

　一人が、

「大峰宗里、臆したか。出てまいれ。稲田堀を潰そうとする関川飛驒守の手先となりおって」

と、怒鳴った。

「おのれ」

宗里は庄右衛門の制止を振り払って会所を飛び出した。

「殿、なりませぬ」

庄右衛門が追いかける。

頭領らしき男が配下に目配せをした。賊が与三郎たちに網を放った。与三郎たちは網に絡め取られ、地べたに這いつくばった。

寒風に砂塵《さじん》が舞い、与三郎たちを包み込む。

宗里が賊と対峙した。

二人の賊が左右から宗里の腕を摑んだ。

「は、離せ、無礼者！」

宗里は身体を揺さぶった。

しかし、賊が聞く耳を持つはずはない。

「貴様ら、さては鯨の紋次郎一味じゃな」

宗里の問いかけに賊は答えない。

すると、頭領らしき男が宗里の前に立った。

「大峰宗里、死んでもらうぞ」

銛を頭上に掲げ、賊は威嚇《いかく》した。黒覆面で口が覆われているため、声がくぐもっている。それが不気味さを醸《かも》し出していた。

庄右衛門が、

「やめろ、落ち着け」

と、喚き立てる。

それを賊たちはせせら笑った。稲田堀を行く者たちは、恐怖におののき息を詰めている。やおら、左膳が宗里と男の間に立った。

「おまえ、何者だ」

男が問う。

「傘張り浪人だ！」

左膳は大きな声を放った。

「浪人に用はない。そんな風に大峰を庇《かば》っておると、一緒に串刺しにするぞ」

脅しめいたことを言った。

左膳は動ずることなく、

「そなた、鯨の紋次郎か」

と、問いかけた。

「おおそうだ、おれさまが鯨の紋次郎よ」

男は認めた。

「何故、ここにおるのだ」

左膳は問いを続けた。

「稲田堀は我らの棲み処だからな。おれたちは稲田堀と……そして本堂美作守さまと繋がっておるのさ」

紋次郎はがははは哄笑《こうしょう》を放った。

途端に与三郎が大きな声を出した。

「出鱈目《でたらめ》を申すな。稲田堀もわが殿もおまえらのような悪党とは関わりはない。そんな出鱈目をよくも……」

悔しさで与三郎の顔は歪んでいる。

「ふん、そなたは、所詮《しょせん》は使い走りの下っ端《ぱ》ではないか。この算盤侍め」

無礼の極みのような雑言を紋次郎は言い放った。

「わたしを蔑みたければ蔑め。だがな、稲田堀を貶《おとし》めるような言動は許さぬ」

与三郎は断固として主張したが網で身動きがとれない。その姿は哀れみを誘っている。

「算盤侍、おまえは稲田堀を懸命に営んでおる。そのことは認めてやる。よって、命までは奪わぬから安心しろ」

紋次郎は言った。

「馬鹿にするな。命惜しさにおまえたちの出鱈目を受け入れると思うか」

与三郎は主張した。

「おまえら、これ以上の乱暴は許さぬぞ」

宗里は左膳を押し退け前に出た。

「威勢がよいな。その威勢だけは買ってやる。しわ飛騨老中の腰巾着《こしぎんちゃく》にしては、胆《たん》力《りょく》があるではないか、褒《ほ》めてやるぞ」

紋次郎は小馬鹿にしたように鼻で笑った。

「おまえなんぞに、褒められても自慢にはならん」

宗里は言い放った。

「おまえの評価、間違っておった。おまえは担力があるのではない。無鉄砲なだけの猪《いのしし》武者《むしゃ》であったわ」

紋次郎は銛を右手に持ち上げた。

頭上に掲げ銛で狙いを定める。

宗里は頰を引き攣らせた。左膳は傘の柄を握り、再び宗里を背中に庇った。

紋次郎は勢いをつけようと腰を落とした。

左膳は傘を開いた。

「そんなことをしても無駄だ。傘ごとおまえと大峰宗里を串刺しにしてやる」

不敵な笑いを浮かべ、紋次郎は言い放った。

すると、空から傘が舞い落ちてきた。朱、紫、橙に開いた傘が花を咲かせ、殺気《さっき》立った現場には不似合いな優美さを湛えている。

紋次郎の視線がそれた。

すかさず、左膳は傘を閉じ、紋次郎目がけて投げつけた。傘は紋次郎の手に当たり、銛が落ちた。

左膳は脇差を抜いた。

すかさず、紋次郎はその場を逃げ出した。それを見た手下たちも、

「お頭！」

と、叫び立てて続く。

火の見櫓から長助が下りてきた。

傘は長助が投げたのだ。

「庄右衛門、殿を頼むぞ」

言い置くや左膳は紋次郎を追いかけた。紋次郎は人混みを蹴散らしながら稲田堀を逃げてゆく。

一味はばらばらになって逃げてゆく。左膳は迷うことなく紋次郎を追いかけた。

紋次郎は風のように往来を駆け抜け、稲田堀の西門近くに至った。

が、距離は縮まらない。

逃げられたか。

左膳は己を叱咤した。

……と、紋次郎の行く手に大八車が現れた。引いているのは、

「権爺……」

西門近くで茶店を営んでいる権兵衛である。紋次郎は大八車に激突した。もんどり打って紋次郎の身体が弧《こ》を描き、砂塵《さじん》と共に往来に叩きつけられた。

左膳は駆け寄り、

「観念せよ」

と、脇差の切っ先を紋次郎の鼻先に突き付けた。紋次郎は往来にあぐらをかいた。

左膳は覆面《ふくめん》を取るよう命じた。

そこへ与三郎が追いついた。

「かたじけない」

与三郎に礼を言われ、

「礼なら権爺に言ってやってくだされ」

左膳は茶店を見た。

自分がやったことの意味がわからないのか、権兵衛は好々爺然とした笑みを浮かべたまま立ち尽くしている。

紋次郎は覆面を取らず、左膳を睨み上げている。

「船岡殿、こ奴を火盗改に引き渡されよ」

左膳が勧めると、

「そのつもりですが、この者、何故、稲田堀やわが殿と関わりがある、などと偽りを申したのでしょう」

与三郎は疑念の目を紋次郎に向けた。

紋次郎は黙っている。

「よし、まずは、会所で取調べます。その後に火盗改に引き渡すことにします」

与三郎は紋次郎に立つよう促した。

しかし、紋次郎は黙って座っている。

「盗人猛々《ぬすっとたけだけ》しい、とはおまえのことだな」

苦笑を浮かべ与三郎は紋次郎を罵《ののし》り、左膳の助けを借りて紋次郎を立たせようとした。ところが、

「おい……」

与三郎が甲《かが》走った声を発した途端、紋次郎はぐったりとなった。

左膳は屈み込んで紋次郎を抱き起した。黒覆面の口のあたりが赤黒く沁みている。

左膳は覆面をはぎ取った。

口の周りが出血している。舌を噛んだようだ。

寒空の下、晒された素顔を見て、

「半平太ではないか」

左膳は驚きの声を放った。

左膳の只ならぬ様子を与三郎は訝しんだ。左膳は紋次郎の亡骸を往来に横たえて立ち上がった。

「先般殺された、飴売りの万吉と同じ飴売りの半平太です」

左膳は半平太と会った経緯を語った。

「すると、万吉も鯨の紋次郎一味であったのですか」

すっかり混乱し、与三郎は首を左右に振った。

「いや、そうではない。半平太は幕閣のどなたかの意を受けて稲田堀を探っておった隠密です。これは想像の域を出ませんが、万吉を殺したのは半平太でしょう。仲違《なかたが》いをしたのか、それとも鯨の紋次郎一味に殺されたと見せかけ、紋次郎一味と稲田堀の関係を匂わせたかったのかもしれぬ」

左膳の推量に与三郎は目をしばたたかせ、半信半疑の面持ちだ。

「ああ、そうだ。紋次郎は手下たちから『おいやん』と呼ばれておったはず。先ほど、手下どもはお頭《かしら》と叫びましたぞ」

左膳が指摘すると与三郎は納得したように首肯して問い直した。

「陰険《いんけん》な企《たくら》みですな。して、半平太を操るその幕閣とは……」

「おそらくは、関川飛驒守さま……」

「なんと、関川さまが……関川さま、そうまでして稲田堀を潰したいのか」

衝撃を受けたようで与三郎は首を垂れた。

「関川さまは、自分の隠密に鯨の紋次郎一味を騙《かた》らせるまでして、稲田堀を潰したいのでござろう」

　左膳の見通しに、

「なんということを……それでも公儀を担う御老中なのですか。そんな汚い手を使ってまでして稲田堀を潰したいのですか……」

　与三郎は憤《いきどお》った。

「まだ、そうと決まったわけではござらん。ただ、ここで軽挙妄動《けいきよもうどう》は慎まれよ」

　左膳は諭した。

「軽挙妄動とは……」

「関川さまを追求することです。まずは、関川さまの動きを見定めることですぞ」

　左膳に言われ、

「そうですね。熱くなってはいけませんね。こういう時こそ、冷静にならねば。わたしの役目を果たさねば。稲田堀を守らなければなりません」

　新たな決意を示すように与三郎は言った。

　左膳も首肯した。

「来栖殿、どうかお力をお貸しください」

　真摯な与三郎の態度に、

「関わったからには、逃げはしませんぞ。わしも一肌《ひとはだ》脱ぎます」

左膳が応じると与三郎の表情はほんの少しだが明るくなった。

第三章　北の恵み

一

会所では、

「おのれ、鯨の紋次郎め、許さんぞ！」

凄まじい勢いで宗里は怒鳴った。

鯨の紋次郎一味の襲撃騒ぎの直後とあって会所の中は無人、張りかけの傘が転がるばかりだ。

「わしが紋次郎の首を刎《は》ねてやる。ここへ連れてまいれ！」

宗里は頬を紅潮させ、興奮冷めやらぬ様子だ。宗里の激昂《げきこう》ぶりに、庄右衛門はおろおろとしながら、

「紋次郎は御家老が捕縛しておりましょう。紋次郎一味相手に一歩も引かれなかった殿の評判は高まると思います」

と、揉み手をせんばかりに返した。

そこへ、左膳が戻って来た。庄右衛門は百万の味方を得たかのように安堵《あんど》の表情となった。

左膳が宗里の前に着座するや、

「左膳、紋次郎を捕えたであろうな」

半身を乗り出して宗里は問いかけた。

「船岡殿と稲田堀の会所詰め役人で捕縛しました」

あくまで落ち着いて左膳は返した。

「ここへ引き立ててまいるのじゃな。よし、わしが首を刎ねてつかわす」

宗里は目を爛々《らんらん》と輝かせた。

「紋次郎は自害しました」

紋次郎が舌を噛んだことを話した。

宗里は失望と共にほっとした表情となった。お忍びでやって来た稲田堀で思いもかけず鯨の紋次郎一味の襲撃を受け、危《あや》うく命を落とすところだった、それが窮地を脱してみれば強烈《きようれつ》な功名心《こうみようしん》が鎌首《かまくび》をもたげていたのだ。ところが、肝心の紋次郎が命を落としたと聞いて功名心が冷め、銛で串刺しにされそうになった恐怖心が蘇り、無事なことに安心したようだ。

左膳は、紋次郎が飴売りに扮し稲田堀を探っていた隠密であり、関川飛騨守の手の者だという可能性が高い、ということは腹の中に仕舞った。宗里を刺激しない方がいいと判断したのだ。

そこへ、船岡与三郎と会所役人たちが入って来た。役人たちは散乱した傘と油紙、傘張り道具を片付け始める。与三郎は紋次郎が自害したことを語ったものの、左膳と同じく紋次郎が半平太だったことは黙っていた。

その上で、

「紋次郎は自害しましたが、手下を三人、捕縛しました」

と、報告した。

「ならば、わしが首を刎ねて……いや、その前に吟味《ぎんみ》をしてやろうぞ」

宗里は意気込んだ。

すかさず左膳が諫めにかかった。

「稲田堀での不祥事でござります。一味の吟味は、本堂美作守さまと船岡殿ら会所のみなさんがなさるべき、と存じます」

横で庄右衛門もうずいた。

与三郎が続けた。

「能登守さまのお気持ち、ありがたく頂戴します。一味の吟味は本堂家家中にお任せください。吟味の結果は改めて、お詫びと共にわが殿美作守さまよりお伝え致します」

さすがに宗里も他家の事件に口出しはできないと判断したようで、それ以上の無理強《じ》いはしなかった。

役人が宗里にお茶を淹れた。宗里がお茶を一口飲んだところで、

「お怪我はございませぬか」

与三郎が心配そうに尋ねた。

つい、今しがたまで騒ぎ立てていた宗里であったが悠然《ゆうぜん》とした様子で返した。

「心配には及ばぬ。かすり傷一つ、負うておらぬ」

宗里の言葉に与三郎は深々と頭を下げ、防備の不手際を詫びた。

庄右衛門が、

「わが殿は豪胆《ごうたん》なお方ゆえ、あれしきのことでは、少しも狼狽《うろた》えることはない」

と、言い添えた。

与三郎は感心したように目を見開き、

「まこと、畏れ多きことでござりますが、能登守さまは、勇猛果敢《ゆうもうかかん》なること戦国の世の武将の如き、と感服致《かんぷく》しました」

と、称賛の言葉を投げかけた。

「わしが、戦国武将か……」

満更《まんざら》でもないように宗里は笑みを漏らす。

「まこと、勇猛なることこの上もなし。軍神《ぐんしん》と称えられた上杉謙信《うえすぎけんしん》公の如きお方、と」

真顔《まがお》で与三郎は世辞の言葉を続けた。

「ほう、謙信公か、わしがな」

宗里はすっかり気を良くした。

「謙信公の生まれ変わりでは、と思います」

尚も与三郎は言葉を添える。

「いやいや、その辺にしてくれ」

さすがに宗里は歯が浮くような世辞に閉口《へいこう》した。

庄右衛門が、

「こちらには日本全国の公儀直轄地から名産が集められておりますな」

「江戸に居ながらにして、日本全国を旅できるのです」

心持ち誇らしそうに与三郎は言った。自分の企画が好評であることに気を良くしているようだ。

「見たところ、蝦夷地の物産が人気を集めておるようじゃな」

宗里は言った。

すると、そこへ膳が運ばれて来た。

豪華な蝦夷地特産の昆布、鰊《にしん》、塩鮭がこれでもかというくらいに用意されている。

宗里の頬が緩んだ。

「どうぞ」

与三郎は勧めた。

「うむ」

宗里は箸を取る。帆立《ほたて》を一口食べただけで舌鼓《したつづみ》を打つ。

「蝦夷地の食は美味であるな」

宗里の感嘆の言葉を受け、

「蝦夷地は北の恵みをもたらしてくれるのです」

与三郎は言った。

「まこと、貴重なる国である」

宗里も賛同したところで、

「その蝦夷地がオロシャの脅威《きょうい》にさらされております」

与三郎は憂《うれ》いを示した。

「存じておる。それゆえ、公儀は松前藩《まつまえはん》を国替えにし、公儀の直轄地として警固をなさっておる」

よく理解していると言いたげに宗里は声音《こわね》も明瞭《めいりょう》に答えた。

「御意にございます」

深刻な顔で与三郎は答えたが顔は曇ったままだ。左膳はいつにない与三郎の深刻な様子が気にかかった。

「いかがされた」

問いかけると、

「蝦夷地はこのままでよいのか、と心配になってしまうのです」

与三郎は危惧の念を示した。

「目下《もっか》、蝦夷地は奥羽の藩が警備しておりますな」

左膳が言ったように、幕府は松前藩を国替えにし直轄地にした後、西蝦夷地を弘前《ひろさき》藩《はん》、東蝦夷地、国後《くなしり》、択捉《えとろふ》を盛岡藩が担当、他の奥羽諸藩は非常時が起きた際に出兵するために備えていた。

大峰家も準備を調《ととの》えているが、正直なところ危機意識は薄い。本音ではロシアが大軍で蝦夷地に攻め込むなど夢物語と考えている。幕府にしたところで、どこまで本気で蝦夷地防衛に当たっているのだろう。

左膳の耳には幕府が松前藩を国替えさせて蝦夷地を直轄にしたのは、ロシアへの備えを名目に蝦夷地からもたらさる物産獲得が目的だという、まことしやかな噂が流れてくる。

船岡与三郎は幕府や奥羽諸藩のロシアに対する気の緩みを敏感に察知して危機感を募《つの》らせているのかもしれない。

「もしも、オロシャが攻めて来たとしましても能登守さまがおわす限り、百万の軍勢を得たようなものでござりますな」

歯の浮くような世辞を与三郎は繰り返した。くどいくらいに宗里を持ち上げる与三郎を左膳は訝しんだ。それだけロシアを警戒していることの表れなのであろうか。

それとも、なんらかの意図《いと》があってのことなのか。

おそらくは、関川飛驒守が隠密を使って鯨の紋次郎一味を騙《かた》り、宗里を襲わせたことを踏まえ、関川へ対抗するため宗里を味方につけようという魂胆《こんたん》なのだろう。

左膳はわざと空咳《からせき》を一つした。与三郎がちらっと左膳に視線を流した。左膳は厳しい目を返した。

宗里に対し紋次郎一味を騙った関川の陰謀《いんぼう》を話すなと釘を刺したつもりだ。算盤勘定に長《た》けた与三郎は、半平太が関川の隠密だと決めつけられない段階で陰謀を明らかにすることの危うさを算段したようだ。紋次郎が隠密半平太であり、半平太が関川の隠密らしいとは、口に出さなかった。

宗里を味方につけ、蝦夷地警防衛を担う大名としての危機意識を高めたいのは間違いない。

「蝦夷地の恵みをオロシャには指一本、触れさせはせぬ」

与三郎に乗せられたためか、宗里は断固とした決意を示すように目を剝《む》いた。

「能登守さまのお志は頼もしい限りですが、幕閣には蝦夷地を軽んじておられる方もおられるのです」

与三郎は憂いを含んだ目をした。

「さて、そのような御仁がおるとは、信じられぬな」

宗里は首を傾げた。

「残念ですが……」

与三郎は首を左右に振った。

「誰じゃ」

宗里の問いかけに与三郎は口を閉ざしていたが、

「申せ」

宗里に迫られ小さく息を吐くと、

「御老中、関川飛驒守さま……」

与三郎は苦しそうに告げた。責められて白状した罪人のようだ。

計算高い与三郎は関川の危うさと宗里の関川への傾倒を鯨の紋次郎を使った陰謀ではなく、蝦夷地警護の観点から訴えかけるようだ。中々の才覚だと左膳は内心で感心した。

狙い通り、与三郎の策は宗里に響いた。

「関川さまが……」

口を半開きにし、宗里は何故だと問い返した。

「蝦夷地は米の収穫が覚束《おぼつか》ないからです」

吹っ切れたのか与三郎は明瞭な声音で言った。

「なるほど、蝦夷地は極寒の地、米の実りは期待できぬが……」

宗里は顎を掻いた。

「それゆえ、松前藩は米に換算した石高《こくだか》を表示されておりますが、松前藩の台所は米ではなく、蝦夷地の名産で成り立っておりました。よって、同じ石高の土地に国替えになったとしましても、実質の収入は激減しております。それゆえ、松前藩は公儀に蝦夷地が戻るよう嘆願を繰り返しております」

与三郎の説明を聞き、

「そのようじゃな」

宗里は、それは存じておる、と答えた。

「松前藩は幕閣に多額の賂を贈っております。それを受け取っておるのが関川さまです」

与三郎は言った。

「関川さまは人格高潔なるお方であるぞ。邪《よこしま》なる賂など受け取るはずはない」

宗里は不快感を示した。

「しかし、あのお方の根っこと申しますか、お考えにはこのように物産を流通させる商いを卑しいとのお考えがあります。公儀の台所は汚《けが》らわしい商いではなく、あくまで年貢によるべし、というお考えです」

「確かに関川さまは、公儀の台所は年貢によって賄われるべき、とお考えである」

宗里が認めると、

「よって、関川さまは松前藩に蝦夷地を返してもよいというお考えです」

与三郎は言った。

「松前なんぞに戻したら……」

不安そうに宗里は顔をしかめた。

「そうです。松前藩ではオロシャの脅威から蝦夷地を守れるはずがございません」

与三郎は強い口調で断じた。

「その点はわしも異存はない」

宗里は同意した。

「困ったものです」

与三郎は嘆いた。

「関川さまは松前藩の要望に応じられるはずはない、と思うが」

関川に従うはずの宗里に明らかに迷いが生じている。

「能登守さま、関川さまをお諫《いさ》めください」

という与三郎の頼みを、

「わしは御老中に意見するような立場にはない。公儀の重職、要職に就いておるわけではないゆえな」

宗里は断った。

「今は……でございますな」

思わせぶりなことを与三郎は言った。

「何が言いたい」

宗里は静かに問い直した。

「いずれ……いや、近日中にも公儀の要職に就くべきお方……とはわが殿も常々、口にしておられます」

与三郎は言った。

「ほう、若年寄、本堂美作守さまが」

満更でもないように宗里の頬が緩んだ。

「殿は能登守さまのような若くて聡明お方こそが、これからの幕閣を担うべきだとおおせにございます」

「ありがたいお言葉ながら、いささかわしを買い被りと申すもの」

さすがに宗里は謙遜した。

「そんなことはござりませぬ。本日、失礼ながら、襲撃の場を見て、拙者も確信致しました。そのような豪胆なお方であれば、まこと、公儀の政を担うにふさわしいお方と存じます。まことでござります」

言葉を尽くし、与三郎は褒め称えた。

左膳は与三郎の言葉の裏に秘めた魂胆について思案を巡らせた。

「何卒、蝦夷地を松前藩に戻さぬよう関川さまに言上《ごんじょう》くだされ」

与三郎は繰り返した。

「わかった。わしにできることはやってみよう。しかし、わしの言葉に関川さまが耳を傾けてくださるのかどうかはわからぬぞ」

慎重な言い回しながら宗里は引き受けた。

「ありがとうございます」

与三郎は両手をついた。

二

宗里は上機嫌で帰っていった。

帰り際、

「左膳、船岡を手助けしてやれ」

と、未だ主君気取りで命じた。

左膳は一礼し、見送りに出た。

「殿、よくお考えくだされ。軽挙妄動はくれぐれもなさらないよう、罷免家老の身ですが、具申《ぐしん》致します」

遠回しに与三郎の口車《くちぐるま》には乗らないよう忠告をしたつもりだ。

「わしは常に考えておる。藩主としてはもとより、公儀の政を担う者として、何をすべきかを熟慮し、尚且つそれを実行しておる。のう、庄右衛門」

宗里に同意を求められ、

「御意にございます」

庄右衛門は大きく首肯した。

自分への自信を深めたのか、宗里は肩で風を切って歩き去った。庄右衛門は左膳の視線を避けるようにうつむいたまま、従った。

会所に戻った。

与三郎に向かって、

「どういうつもりでござるか。能登守さまを焚きつけておりましたな」

非難めいた物言いで左膳は問いかけた。

「どうもこうも、拙者の心情をそのまま能登守さまにぶつけただけでござります」

与三郎はいつもの誠実無比な態度に戻っている。

「果たしてそうであろうかな。そうは思えませんでしたぞ」

高まる気持ちを抑え、左膳は言った。

「拙者、この稲田堀を通じて全国の物産を交流させたいのです。それを願うばかりです」

「それゆえ、能登守さまを味方に引き入れようというのですか。それは本堂さまのご意思ですかな」

左膳が確かめると、

「わが殿も同じ思いです」

苦し気に与三郎は認めた。

「それで、能登守さまを味方に引き入れ、関川さまの追い落としを計るというのが、本堂さまのお考えなのですな」

左膳の問いかけに、

「かりにそうであったとしましても、それでも、稲田堀は守らなくてはなりませぬ。来栖殿もおわかりになったではありませんか。関川さまは隠密を稲田堀に入れ、わが殿が鯨の紋次郎一味を操っておる、と見せかけようとなさいました。実に卑劣なお考えではありませぬか。御老中がなさることですか。しかも、関川さまは鯨の紋次郎一味退治を声高に叫び立て、火盗改、南北町奉行所を叱咤しておられるのですぞ」

目に涙を溜め、与三郎は声を大きくした。

「だから、稲田堀を潰そうとする関川さまを追い落とす、というわけですな」

左膳の言葉に与三郎は更に目を凝《こ》らして、半身を乗り出して話を続けた。

「来栖殿、ご理解ください。公儀の台所は年貢のみに頼っておっては立ち行かぬのです。いつまでも、商いを蔑んでおっては、公儀の台所は破綻《はたん》します。西洋の諸国は虎《こ》視眈々《したんたん》と日本を狙っておるのです。海防には大金がかかります。台所が左前《ひだりまえ》になっては、それもままならず、海防の危機となりましょう。来栖殿、それでよいのですか」

与三郎はすっかり熱くなっている。

生真面目な性格であるため、信念を貫こうとして血気盛んになってしまうのであろう。そこに、危うさを感じてしまう。

「いかに」

眉根を寄せ、与三郎は迫る。眉間《みけん》に刻まれた深い皺が与三郎の焦《あせ》りを感じさせもした。

「稲田堀の物産振興はよき試みだと思います。これが、公儀の台所に寄与するのだというお考えもよくわかります。申せることは、関川さまも公儀の台所を豊かにしたいという思いは同じでありますな。目的は同じで、手法に異なりがある、ということは、そこには争いではなく、話し合い、理解が可能ということではござらぬか」

淡々と左膳は語りかけた。

「それは……」

与三郎は唸《うな》った。

「お互いを敵とみなすのはいかがでしょうな。それでは争いを生むばかりではないですかな。船岡殿は西洋諸国が日本国を狙っておるとお考えですが、敵は異国であって、国内ではないということです」

「敵を前に争っておる場合ではない、と言いたいのですな」

与三郎は言った。

「いかにも」

静かに左膳はうなずく。

「おっしゃることはよくわかります。ですが、世の中にはいくら話し合いをしてもわかり合えぬ者もおります」

腹から絞り出すように与三郎は考えを述べ立てた。

「本堂さまは関川さまと正面切って話をなさったのですか」

落ち着いて左膳は確かめた。

「それは無理でござる。関川さまは、殿と会おうとなさりませぬ」

与三郎は首を左右に振った。

「えてして、お互い、避けておられるようですな」

左膳は苦笑を漏らした。

「しかし、敢えて申せば、これは殿と関川さまという個人の対立ではなく、商か農かの問題と思います」

「だから、話し合っても無駄だと、申されるか」

「いかにも」

与三郎はうなずく。

「しかし、考えと申すのは人が為すものでござる。いかなる考えといえど、人から生まれるのですぞ」

誠意を尽くした左膳の言葉に、

「それは、おっしゃる通りと……」

与三郎は心が動いたようである。

「ならば、話し合いの場を設けられてはいかがでござる」

左膳の考えを、

「そんなことはできませぬ」

与三郎は否定した。

「ならば、わしがやってみよう」

左膳は言った。

「来栖殿が」

三

その日の夕暮れ、左膳は白雲斎の訪問を受けた。宗匠頭巾を被り、焦げ茶色の小袖に裁着け袴、袖無羽織を重ねた姿は大店《おおだな》の御隠居《ごいんきょ》といった風《ふう》である。

「むさし苦しい我が宅では何でございますゆえ」

と、左膳は馴染みの小料理屋、小春《こはる》に案内した。

神田相生町《あいおいちょう》にある小体《こてい》な一軒家である。軒行灯《のきあんどん》に灯りが灯され、暖簾が身を切るような風《かぜ》に揺れている。浅葱色《あさぎいろ》地に白字で小春と屋号が染め抜かれていた。

淡い行灯の灯りに、稲田堀での刃傷沙汰《にんじょうざた》で激しく波立った気持ちが和んだ。

暖簾を潜り、店の中に入る。

女将の春代《はるよ》が笑顔で迎えてくれた。

歳は三十前後、瓜実顔、雪のような白い肌、目鼻立ちが調った美人である。笑顔になると黒目がちな瞳がくりくりとして引き込まれそうになる。

地味な弁慶縞《べんけいじま》の小袖に身を包み、髪を飾るのは紅色の玉簪《たまかんざし》だけ、化粧気はなく紅《べに》を差しているだけだが、匂い立つような色香を感じる。噂では夫に先立たれ、この店は死んだ亭主が営んでいたそうだ。夫は腕のいい料理人だった。春代は夫の味を守ろうと、奮闘している。

小上がりに畳敷が拡がり、細長い台が備えられている。客が台の前に座り、飲み食いできるような店構えだ。二人の先客がいて、騒ぐことなく酒と料理を楽しんでいた。

「今日は鱈《たら》入りの湯豆腐がお勧めですよ」

春代に勧められ、それを頼むと言って奥の小座敷に入った。

床の間に置かれた花瓶には山茶花《さざんか》が差してあり、ほんわかとした気分に誘われる。火鉢の火が熾《おこ》され、来客を歓迎していた。床の間を背負って白雲斎が座し、向かい合わせに左膳が腰を落ち着けた。

程なくして春代が燗酒《かんざけ》を運んで来た。

杯を渡され、

「どうぞ」

春代はちろりを白雲斎に向ける。白雲斎は猪口で受け、左膳も春代の酌を受けた。

一口、含む。

人肌に温まった清酒の芳醇な香が鼻孔を刺激し、さらっとした飲み口は一日の疲れを癒してくれた。

「いつものも、お出し致しましょうか」

春代に言われ、「頼む」と返事をした。

やがて、春代が戻って来て湯豆腐の入った土鍋と小鉢が置かれた。

小鉢にはおからが盛られている。左膳の好物だ。左膳は箸を取って食べ始めた。人参《にんじん》、牛蒡《ごぼう》、葱《ねぎ》、それに刻んだ油揚げ、おから自体にも出汁《だし》がよく沁み込んでいた。

優しくてほっとする味わいだ。

飲み食いが落ち着いてから、

「稲田堀についてであるがな、いかにしたものかのう」

白雲斎は切り出した。

「何かお悩みでございますか」

左膳は問い直した。

「関川殿より、けしからぬ所業であると、連絡を受けてのう。稲田堀内の風紀は乱れ、町奉行所の法度《はっと》が及ばないために、乱れに乱れておるという。罪人が罪を逃れようとして稲田堀に逃げ込んだり、賭場に出入りしたりしておる、となる。鯨の紋次郎一味と思《おぼ》しき者どもが跋扈《ばっこ》しておるそうではないか」

白雲斎は言った。

「それは、大袈裟《おおげさ》でございます。確かにいさかいがないとは申しませんが、大したことはございませぬ。賭場と申しても、銭を賭けてはおりませぬ。それに、鯨の紋次郎一味と稲田堀や本堂さまとの関わりは、非常に疑わしいと存じます。あれはむしろ、関川さまが放った隠密による工作である、とわしは考えます」

左膳は稲田堀の実態を包み隠さずに語った。

「やはりのう」

白雲斎はうなずいた。

「実は、昼間、殿もお忍びでいらっしゃいました」

宗里訪問の様子を左膳は話した。

「宗里が何をしに……そうか、関川殿に頼まれたのだな」

「頼まれてはおられない様子でしたが……」

左膳は言葉を濁した。

「どうした」

問いかけてから、

「そうか、宗里め、関川殿に尻尾を振って頼まれもしないのに稲田堀のあら探しをしようとしたのではないか」

白雲斎は、しょうがない奴め、と苦い顔をして、更に続けた。

「あらが見つかったら、宗里は稲田堀の腐敗ぶりを自分の目で確かめて摘発《てきはつ》するつもりでおったのだろう。して、どうじゃった」

「それが、殿も稲田堀を気に入られたご様子でした。蝦夷地の珍味に舌鼓を打っておられました」

「宗里らしいのう。目先のことですぐにころころと考えを変えおる」

白雲斎は舌打ちをした。

ここで左膳は隠密、半平太による鯨の紋次郎一味を騙った宗里襲撃を話し、

「おそらくですが、半平太は関川飛驒守さまの手の者と思われます」

と、言い添えた。

白雲斎は眉間に深く縦皺を刻んだ。関川と本堂の政争に首を突っ込んでしまったわが息子を責めているようでもあり案じてもいるのだろう。

左膳は続けた。

「それで、殿は稲田堀を管理する本堂家の船岡殿から関川さまに稲田堀へのご理解を得られるよう頼まれたのです」

「宗里のことじゃ、安請け合いをしたのであろう」

白雲斎は危ぶんだ。

「それは、わしも望んでおります」

左膳は言った。

「ほう……そなたもか」

白雲斎は左膳の真意を知りたそうに目を凝らした。

「関川さまと本堂さまに話し合いをして頂きたいのです。その仲介を殿にやって頂ければと存じます」

静かに左膳は答えた。

「宗里には荷が勝ちすぎじゃな。じゃが、わしも、関川殿と本堂殿は膝を突き合わせて話し合うのがよいと思う」

白雲斎は異を唱えなかった。

「今のお言葉、船岡殿が聞けばどんなに喜ぶことでしょう」

左膳は笑みを浮かべた。

「しかし、関川殿、まこと一徹者じゃ。素直に本堂殿と話し合いに応じるかどうか……今更、考えを変えるとは思えぬがな。よって、二人きりで顔を突き合わせて面談に及んだとしても、お互いの妥協点は見い出せず、決裂になるかもしれぬがな」

白雲斎の見立てを受け、

「決裂となっても、一度、腹を割って話し合うのが肝要《かんよう》です」

強く左膳は持論を述べ立てた。

「そこまで、そなたが申すのなら、宗里に仲介の労を取らせるのも面白かろうな。宗里も多少は苦労するじゃろうて。その際には、わしも書状を持たせよう」

白隠斎が親心を示したことに左膳は安堵した。

「ところで、白雲斎さまのお考えはいかがでござりますか。稲田堀の試みについて、白雲斎さまのお考えをお聞きしとうございます」

改めて左膳は問いかけた。

白雲斎は考えを整理するためかしばし思案の後に考えを述べ立てた。

「わしはな、商いは公儀に恵みをもたらすと思う。風紀の乱れ、いさかいが生じるという心配、人心《じんしん》の堕落《だらく》という危惧もあるが、それよりは、笑顔で暮らせるのはよいことだ、泰平なればこそであると思う。今後、異国との付き合いをいかにしてゆくかも考えねばならぬ。従来通りのままでよいのか、つまり、限られた国とだけ交易、交流を続けておればよいのか……政から身を退《ひ》いたわしが声高に考えを述べるのは筋違《すじちが》いであるし、正直、判断がつかぬ。ひょっとして、稲田堀が答えを示してくれるかもしれぬな」

明言しないが、白雲斎は稲田堀に好意を寄せているようだ。次いで、おまえはいかに思うのだと白雲斎は問い返した。

「稲田堀の試みには賛同致します。何よりも、稲田堀内は生き生きとしております。白雲斎さまが申されるように、人々の笑い声を聞くと、こちらまでがうれしく、楽しくなりますな。まさしく、民の笑顔は良き政の表れであると思います」

正直に心情を吐露《とろ》した。

「そなたが、申すのじゃ。稲田堀は素晴らしい盛り場なのであろう」

白雲斎は興味を抱いたようだ。

「見物なさってはいかがですか」

「さようじゃな。宗里と関川殿、本堂殿、立ち会いの場にわしも……いや、わしはその場には顔を出さぬがよかろう。わしがおっては、関川殿も本堂殿も腹の内を打ち明けられまい。それに、宗里のためにもならん。わしがおっては、宗里はわしに遠慮するし、わしに任せるであろうからな」

白雲斎は遠慮すると強く言い添えた。

「承知しました」

左膳は応じた。

「ならば、これにてな」

白雲斎は上機嫌で帰っていった。

四

左膳は一人残り、小座敷を出ると、春代が応対する横長の台の前に移動しようとした。

すると、

「いらっしゃいまし」

春代の声と共に暖簾が揺れて大柄な男が二人連れで入って来た。

「兵部」

左膳は声をかけた。

兵部も、

「父上、相変わらず、こちらで飲んでおられたか」

と、言ってから、櫛田孫太郎を紹介した。孫太郎は礼儀正しい所作で挨拶をした。

左膳も挨拶を返し、

「ならば、一献《いっこん》傾けるか」

と、久しぶりに兵部と酒を酌み交わそうと思った。


三人は小座敷に入った。

「来栖殿の剛直一本突きを兵部殿に学んでおります」

孫太郎は言った。

「最早《もはや》、おれから孫太郎殿に教えることはござりませんぞ」

兵部は語りかけた。

さもあろうと左膳はうなずいてから孫太郎に語りかけた。

「本堂さまの御前試合のため、兵部に入門なさったとか」

左膳が確かめると、

「左様にござります」

畏まって孫太郎は返事をした。

左膳は知る由《よし》もないが、孫太郎は鯨の紋次郎一味を退治する目的をもって兵部に近づいた。兵部もそれを受け入れたのだ。

「試合はいつですかな」

左膳の問いかけに、

「五日後でござります」

勝利の決意を告げるかのように孫太郎は目を凝らした。

「勝利を祈っておりますぞ」

左膳の期待に孫太郎は軽く頭を下げた。

しばし酒を酌み交わしてから、

「本堂さまは、兵法にも熱心であられるのですな」

左膳が言うと、

「殿自ら、剣、弓、鑓に精進なさっておられます」

孫太郎は言った。

本堂には失礼だが意外である。

「それは頼もしい」

左膳の言葉を受け、孫太郎は兵部をちらっと見た。兵部はうなずく。

「実は兵部殿にもお手助けを願ったのですが、鯨の紋次郎一味を成敗《せいばい》してやろうと思うのです。兵部殿に入門しましたのは、兵部殿にお手助け願いたいという魂胆《こんたん》があってのことでした。当家の恥を晒《さら》すようですが、武芸には熱心ではありませぬ。殿が武芸に精進なさっておるのは鯨の紋次郎一味が稲田堀と繋がっておるとの疑いを払拭《ふっしょく》すること、すなわち、一味の退治を念頭に置いてのことです」

熱を込めて兵部は語った。

左膳は稲田堀で起きた騒動を話した。鯨の紋次郎を騙る者どもが稲田堀で暴れたと言うに留めた。関川の隠密であろう半平太のことや大峰宗里を襲い、稲田堀と紋次郎一味の関係をでっち上げようとした陰謀については敢《あ》えて黙っていた。

それでも、孫太郎は怒りの顔つきとなり、

「許せぬ。わが殿と稲田堀を貶めんとする企てが起きたとは……しかも、よりによって鯨の紋次郎一味との関係を偽装しようとしたなど、なんと陰険な……一体、何者が糸を引いておったのですか。ひょっとして関川飛騨守さまでは……」

と、関川への疑念を示した。

「あいにく、紋次郎を騙った者が自害したため、黒幕が誰かまでは特定できなかった。関川さまとはわからぬ」

慎重な言い回しを左膳はしたが、

「関川に決まっておる」

肩を怒《いか》らせ、孫太郎は猪口にちろりから酒を注ぎ、

「替わりを持って来い！」

と、荒れた。

「その辺にしておきなされ。気持ちが乱れては、何につけ正しい判断ができぬ」

左膳が諭《さと》すと孫太郎も己《おの》が言動を悔《く》いたようで、酒の替わりを持って来た春代に、言葉を荒らげたことを詫びた。春代は、「ごゆっくり」と笑顔で応対し、調理場に戻った。

左膳は春代特性のおからを孫太郎に勧めた。孫太郎は一口食べると表情が緩んだ。

「美味いですな」

孫太郎は返す。

「父の大好物なのだ」

兵部が言葉を添えた。よくわかります、と孫太郎もおからの美味《うま》さを褒め称えた。

我が意を得たりと左膳は上機嫌となって、問いを続けた。

「本堂さまの御前試合、上屋敷で行われるのかな」

「藩邸ではなく、稲田堀ですな。剣術の試合を行うにはふさわしくはないですが

「……」

　孫太郎は不満そうだ。

「会所頭取の船岡殿より傘張りの指南を頼まれ、通っておりますが賑やかで、本堂さまのお考えが巧《うま》く反映されておると思うが……」

　左膳が言うと、

「そうでしたか、お世話になっておったのですな」

　これは失礼しました、と孫太郎は恐縮しきりとなった。

「稲田堀で実施するということは、おれも見学ができるのですな」

　兵部は言った。

「それが、でござる」

　孫太郎は不愉快そうな顔になった。

「いかがされた」

　兵部は問いかけた。

「公開試合にする、と殿は決められたのです」

　孫太郎は唇を歪めた。

「公開試合とは」

兵部は首を傾げた。

「明日にも稲田堀に高札《こうさつ》が掲げられると思います」

孫太郎が言うには、本堂は出場者を公募するそうだ。つまり、腕に覚えのある者は出場せよ、ということである。

「おまけに、腕次第で仕官の道も開く、のだとか」

孫太郎は言った。

「ほう、それは、本堂さまの趣向《しゅこう》ですかな」

左膳の問いかけに、

「殿は派手なことを好まれるのです」

孫太郎は嘆いた。

それは、家臣たちの武芸不熱心への不満を滲ませるものでもあった。

「本堂さまは本気で家中に武芸の奨励《しょうれい》をなさろうとしておられるのでしょうな」

兵部は妙に感心した。

次いでふと思いついたように、

「なら、おれも出場しようかなあ……あ、いや、冗談だ」

と、即座に否定した。

するとと孫太郎は真顔で、

「先生、冗談ではなく、出場なさってはいかがですか」

と、勧めた。

「馬鹿な、おれは仕官する気などない」

兵部は強く首を左右に振った。

「剣の腕を試されるのにいい機会ではありませぬか。先生の剣を御覧になれば、殿は仕官を勧められましょうが、必ず受けねばならぬことはないでしょう。それに、然《しか》るべき褒美が与えられますぞ。あ、いや、何も褒美や仕官を求めるのではなくとも、申しましたようにご自分の腕を試されたらいかがでしょう」

孫太郎は強く勧めた。

「うむ、そうですなあ」

兵部も乗り気になった。

同意を求めるように兵部は左膳を見た。

左膳は孫太郎に、

「当日は、さぞや盛大なる試合になるのでしょうな」

「殿はそのおつもりです」

本堂は稲田堀で大々的な剣術の試合を行うことにより、物産の流通、産業の振興という商いばかりか、兵法においても本堂美作守が幕政の中心たらんという野心を秘めているのだ、とか。

本堂美作守義和という男、聞きしに勝る野心家なのかもしれない。

「それでは、おれも大会に出るかな」

兵部はその気になった。

次いで、

「父上も出場なさってはいかがですか」

真顔で問いかけてきた。

「わしは、よい」

左膳は言下《げんか》に否定した。

「ご自分を歳だとお考えか」

兵部のいささか挑発的な言葉にも反発せず、

「まあ、そういうことだ」

左膳は受け流した。

「なんの、まだまだ老け込む場合ではございませぬぞ」

気遣ってか孫太郎は言った。

「家老を罷免された身だ。本来なら、晴耕雨読《せいこううどく》の日々を送りたいところなのだ。表に出てどうのこうのはない」

言葉とは裏腹に心の片隅にはまだまだ若い者には負けない、どのような手練《てだれ》が出場しようが、決して後《おく》れを取るものではない、との思いがある。

それが顔に出たのか、

「父上、内心は出たいのでございましょう。当日になって、飛び入りなさるのではございませぬか」

兵部はからかうような口調となった。

「どうかな」

曖昧《あいまい》に左膳が答えてしまったのは、試合を見れば武芸者としての血が騒ぐのではないか、と思っているからだ。

「それにしても、本堂美作守さまはまことに懐が広いお方のようだな」

兵部が感心すると、

「わが殿は、非常に勉強熱心なお方でございます。産業振興の傍ら、海防の研究も怠《おこた》ってはおられませぬ。海防のためには、それ相応の兵や装備が必要です。泰平の世に慣れた武士を兵法で鍛え直すことも考えておられるのです。それゆえの、剣術大会でもあるのです」

孫太郎は言った。

「なんだか血沸き、肉躍りますな」

兵部は興奮した。

左膳は諌めるような視線を向けた。しかし、兵部は気づかないようなふりをして、

「これは、新しい国の仕組み造りとなるかもしれませぬぞ」

と、酒を追加した。

「まあ、待て」

左膳は言う。

「父上、よいではありませぬか」

「何がじゃ」

「ですから……」

兵部は顔を歪めた。

「熱くなってはならぬぞ。そなたの悪い癖だ」

左膳は諌めた。

「わかっております。ですが、海防は急を要するのです」

兵部に代わって孫太郎が言った。

その真剣な目つきと興奮した様子に左膳も兵部も目を見張った。

そこへ春代が酒と料理の追加を持ってきた。鮪《まぐろ》の切り身とぶつ切りを煮込んだねぎま鍋とおからの追加もある。稲田堀の下仁田庵とは違って根深葱《ねぶかねぎ》が使われている。葱と賽《さい》の目に切った鮪を出し汁、醬油、酒に砂糖を加えて煮込んだねぎま鍋は厳冬の夜には持って来いだ。

風味と共に立ち昇る湯気を見ただけで三人の顔が和んだ。

加えて、

「気が利《き》くのう」

相好を崩し、おからを受け取った左膳の様子が無邪気で、緊張の糸が解《ほぐ》れた。春代が調理場に戻ってから、

「海防の充実を図らねばなりません。そのためにはどうするか」

生き生きとして兵部は語る。

「それには、強靱《きょうじん》な兵と合戦のための道具が必要です」

「弓、矢、鉄砲、大筒《おおづつ》か」

兵部は言った。

「むろんのことですが、肝心なのはその性能ですな。戦国の世に使われた鉄砲や大筒では夷狄《いてき》には勝てませぬ。夷狄では遥かに性能が高まっております」

孫太郎が言うと、

「夷狄には勝てぬと申されるか」

酔いが進んだのか兵部は食ってかかった。

「無理ですな。夷狄の鉄砲、大筒、共に命中の精度も破壊する力も日本《ひのもと》では太刀打ちできませせぬ」

動ぜず、孫太郎は言い返した。

「ならば、夷狄に日本は攻め取られてしまうではないか」

兵部は不満そうに顔を歪めた。

「そこで、公儀も優れた大筒や鉄砲を買い揃えねばならないのです」

「それはわかるが、阿蘭陀《オランダ》国から購入するのか」

兵部は言った。

「いや、エゲレスです」

「エゲレス……」

兵部は首を捻った。

「エゲレスは日本の近海を脅かしておるではないか」

左膳が割り込んだ。

「おおせの通りです。ですが、エゲレスはオロシャとは利害が一致しないのです。まず、日本はエゲレスと手を組み、エゲレスの装備でオロシャと戦うのです。オロシャはなんと言っても蝦夷地を狙っておりますからな、蝦夷地からオロシャを退けるためにエゲレスの軍備を使うというわけです」

孫太郎の考えに兵部は異を唱えた。

「エゲレスとは交易の門戸《もんこ》を公儀は開いておらぬぞ。まさか、抜け荷をせよと……」

「抜け荷ではありませぬ。本来なら、エゲレスと交易をすればよいのですが、それでは、幕閣の間で反対の考えが起き、喧々諤々《けんけんがくがく》の議論が交わされ、いたずらに月日が過ぎましょう。ですから、阿蘭陀国、もしくは清国《しんこく》の商人を仲介すればよいのです」

孫太郎の考えを受け、

「なるほど、それは妙案ですな」

兵部は手を打った。

「しかし、そう都合よく、エゲレスが軍備を清国なり阿蘭陀国なりに売るであろうかのう。わしにはそうは思えぬが」

左膳は疑問を投げかけた。

「それは、ご懸念《けねん》には及びませぬ」

孫太郎は自信満々に言った。

「馬鹿に自信があるな」

左膳は訝しんだ。

「そのために稲田堀を運営しておるのでござります。長崎からも物産は取り寄せておりますのでな」

孫太郎は言った。

「なるほど」

またも兵部が感心した。

「おわかり、頂けましたかな」

我が意を得たり、と孫太郎は笑みを浮かべた。

「本堂さまが、稲田堀を運営するに当たっては、海防を見据えてのことであったのですな」

兵部に指摘され、

「わが殿は何事も深謀遠慮《しんぼうえんりょ》なお方でござる」

孫太郎は本堂を誇った。

「まさしく、羨ましいですな……あ、いや、その……」

宗里の悪口になりかねなくなり、兵部は口をつぐんだ。いくら御家を離れたとはいえ、旧主の悪口は慎まなければと思い至ったようだ。

「本堂さま、まことに、切れ者と評判通りのお方ですな」

宗里の悪口の代わりに本堂への賞賛を口にした。

孫太郎はうれしそうな顔になった。

「これでは、関川さまと意見が合わぬはずですな」

遠慮会釈のない兵部の言葉に孫太郎は複雑な表情となった。

「でありますから、きっと、関川さまも稲田堀を御覧になれば、わが殿の考えに賛同してくださるはずです」

孫太郎は続けた。

「そうかもしれませぬな」

兵部も賛意を示した。

「きっと、そうです。ですから、わが殿は剣術大会に意気込みを示しておられるのです」

言葉に熱を込め、孫太郎は言った。

「ならば、及ばずながらおれも出場するか」

兵部も意気込んだ。

左膳は黙っていた。

「来栖殿、何卒《なにとぞ》、よしなにお願い致します」

改めて孫太郎は頭を下げた。

「今宵はこれくらいにして、酒を飲もう」

左膳は話題を終えた。

「これは、無粋《ぶすい》な話を続けてしまいました」

孫太郎は頭を掻いた。

五

霜月《しもつき》五日、剣術大会の日となった。

稲田堀はひときわ賑わっている。左膳は船岡与三郎を訪ねていた。

剣術試合を見学しようと思ったが急な傘張りの注文に対応していたため、自宅を出るのが遅くなった。そのため、試合の半分は終わっていた。もっとも、定刻に間に合っていれば、見物するだけでは我慢できず、歳甲斐もなく飛び入り参加していたかもしれない。

与三郎も今日は剣術大会に出場するとあって、紺の胴着を身に着けている。華奢《きゃしゃ》で優男《やさおとこ》然としていた与三郎であったが、意外にも道着姿は様《さま》になっていた。

会所で帳面付けを行っていたが、左膳を見ると手を止めて軽く頭を下げた。

「出場なさるか」

つい、わかりきった問いかけをしてしまった。

「ええ、まあ……」

照れるように与三郎は答えた。

「健闘なされ」

左膳は励ましの言葉を投げかけた。

「一回も勝てず、すごすごと退散することになるやもしれませんが、出るからには全力を尽くしたいと思います」

生真面目な与三郎らしい物言いである。

左膳はもう一度励ましの言葉をかけてから、
「本堂さまは、武芸にも熱心であられるのですな」
と、言った。
「殿は文武両道……というよりは、武と商を一体化させておられます。武商であると
ご自分でおおせなのです」
与三郎が言うには、本堂は商いと武芸の両立を唱えている。武商が、「ぶしょう」
これは、「武将」と同じ音になることもあり、この造語を好んで使っているのだとか。
「なるほど、武と商いですか。まるで水と油だと思う者は多いでしょうな」
左膳が言うと、
「それは、関川さまに代表されますように、商いを卑しむお方の見方でござります。
しかし、海防が叫ばれる昨今におきまして、軍備の充実は何よりも大切なことです。
軍備を充実させるには、大金が必要です。大金を稼ぐには商いが必要です」
「よって、このような稲田堀を営んでおられるのですな」
左膳がうなずいた。
「人、物、金の流れこそが大事ですが、それらと同様、いや、それ以上に大事なのは
雑説《ぞうせつ》です」

雑説とは情報である。

人や物や金が行き交えば情報が得られるというわけだ。

「今は泰平の世ゆえ、雑説が死命《しめい》を制することはないと思われるでしょうが、戦乱の世には雑説を握ることが戦《いくさ》の勝敗を分けたのです」

生真面目に与三郎は語った。

「なるほど、そうしたものですか」

左膳がうなずくと、

「領内や城下を閉ざした戦国大名よりも、商人に自由に行き来させた織田信長公や太《たい》閤《こう》が戦国の世を制していったのです。彼らは商人を通じて鉄砲などの武器ばかりか、雑説を手に入れ戦を勝ち上がったのです。もちろん、東照大権現さまも商人を大事になさいました」

東照大権現、すなわち徳川家康は茶屋四郎次郎《ちゃやしろうじろう》、今井宗薫《いまいそうくん》といった大商人を側近とし、海外との交易も熱心だった。

「いや、いつもの癖でついつい夢中で話し込んでしまいましたな」

与三郎は頭を掻いた。

「いや、いつもながら、勉強になりますな」

左膳は軽く頭を下げた。

すると、昼九つを告げる鐘の音が聞こえてきた。

「さあ」

与三郎は立ち上がった。

その表情は引き締まり、商人から武芸者の顔つきとなっていた。

が、ふと思い出したように左膳を見て言った。

「関川飛騨守さまの御家来で藤田伝十郎さまも出場なさるのです」

藤田が関川家中きっての遣い手で兵法指南役であるばかりか、

「国許におられた時、鯨の紋次郎一味の捕縛の指揮を執っておられたそうですぞ」

関川家の国許、出雲安来《いずもやすぎ》の沖合、隠岐《おき》の島を紋次郎一味が根城にしていたことがあるそうだ。藤田は捕方を率いて隠岐の島に乗り込み紋次郎一味を襲ったが、すんでのところで逃げられたのだった。

関川飛騨守が鯨の紋次郎一味捕縛に執念を燃やすのは、国許で一味を取り逃がした雪辱《せつじょく》を晴らしたいからだった。

「その藤田殿とご子息の兵部殿、先ほど試合が行われましたぞ」

「ほう、そうでしたか。して……」

勝敗が気になった。

「勝負がつかなかったそうです」

名勝負だったようです、と与三郎は言い残し、会所を出た。

左膳も会所から出た。


来栖兵部と藤田伝十郎の剣術試合が行われたのは四半時《しはんとき》ほど前であった。床几《しょうぎ》にどっかと腰を据えた本堂美作守が目を凝らし、試合の立ち会いをしている。

会所役人が、

「羽州浪人来栖兵部殿と雲州関川飛騨守さま御家中藤田伝十郎殿の勝負でございます」

と、二人を紹介した。

紺の道着に身を包んだ兵部と藤田は本堂に一礼してから向かい合った。

兵部は藤田より頭ひとつ高い。

それでも藤田の肩は盛り上がり道着の上からも屈強な身体つきだとわかる。兵部も藤田も並々ならぬ剣客の風情を醸し出し、試合が始まらぬうちから見物する者たちを圧倒していた。

「始めい！」

本堂の一声で勝負が開始された。

兵部は木刀を正眼に構え、藤田は大上段に振り被った。

三尺の間合いを取り、二人は対峙した。

鋭い眼光を放ち、お互いの動きを見定める。

兵部はすり足で右に踏み出した。

藤田も右に動く。

ゆっくりと兵部と藤田は半円に歩み、お互いの位置が入れ替わった刹那、

「てえい！」

藤田が間合いを詰め、木刀を振り下ろした。

動ずることなく兵部は藤田の木刀を跳ね上げ突きを繰り出した。父左膳直伝《じきでん》の来栖天心流剛直一本突きである。

が、藤田は右に避け、兵部の木刀は空《くう》を突いた。

木刀とはいえ、咽《のど》を直撃すれば藤田は重傷を負う。まかり間違えば命を落とすかもしれない。

当てる気はなく寸止めにするつもりであったが、それが攻撃の手を緩め、難なくか

わされてしまった。

自分の甘さを悔いたがあくまで剣術試合であって真剣勝負ではない。命のやり取りではないのだ。

剛直一本突きをかわしたことで己《おの》が勝利を確信したのか、藤田は不敵な笑みを浮かべた。

「おのれ！」

頭に血が上る。

兵部は木刀を藤田と同じく大上段に構えた。

一気呵成に攻め立てようと思ったが、取り乱しては負けだと自分を諫めると木刀を下ろし、下段に構え直した。

「臆したか」

藤田は鼻で笑い、打ち込んで来た。

兵部は木刀を下段から斬り上げる。

両者は激しく打ち合った。

木刀がぶつかり合う音が周囲を覆う。

凄まじい迫力に見物人たちは圧倒され、固唾《かたず》を呑んで勝敗の行方を見守った。本堂も食い入るように目を凝らし、いつしか床几から立ち上がっていた。

やがて、兵部と藤田は木刀を重ねたまま鍔迫り合いを演じ始めた。お互い、一歩も引かず漆喰《しっくい》で塗り固めたように動かなくなった。

水を打ったような試合会場において、二人の息遣いのみが静寂を際立たせている。

上背に勝る兵部は伸《の》し掛かるようにして木刀に力を込め、藤田は下から押し上げる。力は拮抗し、どちらが勝ってもおかしくはない。

兵部と藤田のうなじから汗が滴り落ちた。

道着から湯気が立ち昇る。

ここで、

「見事じゃ。この勝負、これまでと致す」

本堂が引き分けを告げた。

この判定に不服を言い立てる者はいなかった。

行き交う人々の口から剣術大会への期待の声が聞こえてきた。

四辻が交わる広場に幔幕《まんまく》が張り巡らされ、本堂美作守立ち会いの下、剣術の試合が行われていた。見物自由とあって黒山の人だかりである。

羽織、袴姿の本堂は床几に腰を据えている。

天気が気になり、左膳は空を見上げた。

すると、火の見櫓の上で鉄砲を構えている男がいた。銃口の先は本堂だ。

咄嗟《とっさ》に左膳は小石を拾い、男に向かって投げつけた。石の礫《つぶて》が男の顔面に命中し、身体の均衡《きんこう》を崩した。鉄砲が放たれ、銃声が鈍色《にびいろ》の空を震わせた。

火の見櫓から男が落下した。

稲田堀内は上を下への騒動となった。左膳は男の傍らに屈み込んだ。男は首の骨を折って絶命していた。

六

会所で、

「来栖、大した働きであるな」

本堂は鷹揚《おうよう》に声をかけてきた。

剣術試合は中止となった。

「畏れ入ります」

左膳は一礼した。

「与三郎、不埒者《ふらちもの》、徹底して探索せよ」

本堂は命じた。

「御意にございます」

凛とした声を放ち、与三郎は答えた。

「稲田堀を潰そうとする者の仕業に相違あるまい。となると……」

本堂は言葉を止めた。

「まさか、関川さまの手の者とお考えでござりますか」

左膳は問いかけた。

「来栖、ずいぶんとはっきりとした物言いをするな。なるほど、気骨《きこつ》のある男とは聞いておったが」

本堂は余裕の笑みを浮かべた。

「鯨の紋次郎一味を騙った騒ぎもございました」

与三郎が言う。

「飴の行商人殺しの一件もあったな」

本堂は何度もうなずいた。

「この後、予定通り、関川さまと話し合われるのでござりますな」

左膳が確かめると、

「そのつもりだ」

本堂は答えた。

「殿、今日のところは、見合わされてはいかがでござりましょう」

与三郎が危惧した。

「構わぬ。予定通りでよい」

本堂は言った。

「しかし」

与三郎は苦渋の表情となった。

「逃げはせぬぞ」

本堂は決意を示すように両目をかっと見開いた。

「わかりました」

与三郎は応じた。

そこへ、孫太郎がやって来て、関川飛驒守の来訪を告げた。左膳は遠慮して席を外すことにした。

それを、

「来栖、構わぬ。同席、致せ」

と、本堂は引き止めた。

「いや、そういうわけにはまいりませぬ。一介《いっかい》の浪人が天下の政に係る場におるわけにはまいりませぬ」

左膳は会所を出た。

そこへ、川上庄右衛門がやって来た。

「これは、御家老」

庄右衛門は声をかけてきた。

「殿は……」

宗里はどうしたのか、問いかけた。

「それが……」

言い辛そうに庄右衛門は口の中をもごもごとさせた。

「いかがされたのだ」

左膳は問いを重ねた。

「急な病にて、床《とこ》に臥《ふ》せっておられます」

庄右衛門の苦しそうな口ぶりからして仮病のようだ。宗里は関川と本堂の仲介役を買って出たものの、その役割の重さに耐えられず、同席するのを避けたということだろう。

「なるほど、病か。くれぐれも大事になされるのがよかろうな」

左膳の言葉に庄右衛門は首をすくめた。

庄右衛門は宗里が病気で来られない旨を報告しに会所に向かった。

「やれやれ」

左膳はうなずくと会所の向かいにある茶店に入った。鉄砲の騒動は落ち着き、人々の顔には笑顔が戻っている。

草団子とお茶を頼み、しばし時の流れに身を任せた。

やがて、関川一行がやって来た。関川は悠然《ゆうぜん》と会所に入って行った。しばらくして庄右衛門がやって来た。

額に汗を滲ませている。

「いやあ、まいりました」

庄右衛門はぼやいた。

「関川さまと本堂さま、ちゃんと話し合いの場についたのか」

興味があり、左膳は訊いた。

「まあ、なんとか穏便《おんびん》に席にはお座りになりました」

庄右衛門は言った。

「ともかく、膝を合わせ話し合いに臨むことだ」

両者がなんらかの合意点を見出すことができることを願った。

「剣術大会はいかになりましたか。兵部殿も出場なさる、と聞いたのですが」

庄右衛門の問いかけに、

「それがな、大会はとんだ邪魔が入った。まさしく、水を差されたのだ」

左膳は一連の経緯を語った。

「それはまた……本堂さまは面目《めんぼく》、丸つぶれでござりますな」

庄右衛門は言った。

「しかし、稲田堀の賑わいを見れば、これがさほど本堂さまの落ち度にはなるまい」

左膳の見通しに、

「なるほど、それを関川さまがあげつらうことはできないのですな」

庄右衛門も感心した。

「よって、今行われておる会談が楽しみなところではあるな」

左膳は言った。

「殿、いかがされるのでしょうな」

庄右衛門は悩ましい顔をした。

「殿は、迷っておられるのであろう」

左膳が問うと、

「まこと、迷っておられます。自分が嘴《くちばし》を挟んだことを悔やんでおられるようですぞ」

庄右衛門は言った。

「これに懲《こ》りて、あんまり動き回らないようになさればよいのだがな」

左膳は苦笑した。

「まこと」

庄右衛門はおかしそうに肩を揺すった。

すると、会所の腰高障子が開いた。関川が出て来た。肩を怒らせ、目が吊り上がっている。それを見れば、話し合いがうまくいかなかったのは明らかだ。

関川は険しい顔で駕籠に乗った。

警固の侍が前後を固め、慌ただしい様子で駕籠は出ていった。

「これは、暗雲ですな」

物見高い野次馬のように庄右衛門は言った。

左膳はそれを無視して、会所に向かった。

腰高障子を開けて中に入る。断りを入れなかったのも忘れていた。

本堂は座敷の真ん中に憮然《ぶぜん》とした表情で座っていた。与三郎は唇を噛んでいる。

それでも、左膳に気づき、微笑んで見せた。その弱々しい顔つきは、会談が不首尾《ふしゅび》に終わったことの責任を感じているようだ。

「まあ、お座りくだされ」

与三郎に勧められ、左膳は座敷の真ん中に腰を落ち着けた。

「うまくいかなかったようですな」

左膳が言うと、

「わからずやであるな」

本堂は笑った。

笑うことで余裕を示しているようである。

「まだ、一度めでござります。水と油の考えを持つ者同士が一度の話し合いで理解し合えるはずはござりません」

左膳は言った。

「その通りであるな」

本堂はうなずいた。

「船岡殿、そう、気を落とされますな」

左膳は慰めた。

「はい……」

力なく与三郎はうなずく。

次いで、

「関川さまは、最初から聞く耳を持ってくださいませんでした」

と、会談の様子を語った。

関川は最初から不機嫌だった。お茶と菓子にも手をつけず、口をへの字に引き結んでいたそうだ。

与三郎や会所の役人たちは奥の部屋に移った。関川と本堂の二人だけとなったが程なくして、

「帰る！」

関川の怒声が響き渡った。

慌てて戻ると、関川は席を蹴立てて出て行ったのであった。

第四章　海賊退治

一

　霜月五日の昼、左膳は宗里から呼び出された。

　根津権現裏手の羽後鶴岡藩下屋敷の御殿、奥書院で対面をする。白雲斎は気を利《き》かせてか、立ち会ってはいない。

　宗里は呼び出しておきながら口を開こうとしない。きっと、関川につくべきか本堂につくべきかで迷っているに違いない。

「殿、迷っておられますな」

　ずばり、左膳は言った。

　宗里は目をむいて口をへの字にしたが、

「わしを優柔不断となじるか」

と、口を尖《とが》らせた。

「なじられるとお思いということは後ろめたく思っておられるのでしょう」

左膳は続けた。

「相も変わらず、歯に衣着《きぬ》せぬ物言いじゃな」

宗里は薄笑いを浮かべた。

「そのために、殿はわしをお呼びになられたのではございませぬか」

左膳はにんまりとした。

軽く首を縦に振ってから、

「関川さま、本堂さま、どちらにお味方すればよいかのう」

腹を割って宗里は訊いてきた。

「わしにお尋ねにならずとも、ご自分でお決めになられませ……いや、それでは答えになっておりませぬな。要するに、殿が迷っておられるのはご自分の出世にとって、どちらにつけばよいか、という算段でございますな」

左膳が指摘をすると、

「当然ではないか」

憮然《ぶぜん》と宗里は言い返した。

「殿らしいですな。ですが、損得勘定だけで判断をしますと、道に迷いますぞ」

「信念を持てと言いたいのであろう」

宗里はちゃんとわかっているようだ。

「おわかりではございませぬか」

左膳が言うと、

「じゃがな、わしは老中になりたい。父を超える老中となる。それにはな、上の引き立てが必要じゃ。わしを引き立てたお方が失脚をしてしまっては共に沈むだけではないか。そうなっては、元も子もない。苦労が無駄になるのだぞ。それから、冷や飯を食べ続けるわけにはいかないのだ」

真剣な顔で宗里は言った。

「それはわかります。ですが、利でばかり動きますと、政《まつりごと》を誤ります。さすれば、殿ばかりか公儀の政、更には大峰家の政を誤るのですぞ」

左膳は苦言を呈した。

「それはわかっておる」

渋面となって宗里は答えた。

「ならば…籤《くじ》でも引かれたらどうですか」

左膳の提案に、

「わしは真面目に聞いておるのじゃ」

と、怒り出した。

「殿、迷っておられるのでしょう。ならば、ご自分の運で決める他はありませぬぞ」

左膳も大真面目に問い返した。

「それもそうじゃが……」

それでも決めかねるように宗里は言葉を止めた。

左膳は背筋をぴんと伸ばして言った。

「もうひとつの方法は……関川さま、本堂さまの仲を取り持ってさしあげたらいかがですか」

「なんじゃと」

宗里は口を半開きにした。

次いで、

「おまえ、正気か」

首を捻ってまじまじと左膳の顔を見返した。

「わしは、冗談は苦手ですぞ」

「それは存じておる。面白くもおかしくもない奴じゃ。しかし、庄右衛門の報告では、関川さまは本堂さまとろくろく言葉を交《か》わす暇もなく、出ていかれたそうではないか」

二人の間を取り持つなど到底不可能だと、宗里は言いたいようだ。

「いかにも、庄右衛門が申す通りでござりました。関川さまは本堂さまとの話し合いには、けんもほろろでござります」

「それみろ」

宗里は苦笑した。

「ですが、関川さまは本堂さまの呼びかけに応じて稲田堀まで足を運ばれたのでござります」

左膳は言った。

「それはそうだが……」

「まったく、聞く耳を持たないのなら、稲田堀まではいらっしゃらなかったのではござりませぬか」

「それは、理屈じゃ」

　宗里は白《しら》けた顔をした。

「それに、一度くらいでお互いを理解できたなら、それは本物ではござりませぬぞ」

「賢《さか》しらに申しおるが、関川さまと本堂さまでは考え方に水と油ほどの違いがあるのじゃぞ。油は水に溶《と》けぬ」

　宗里は言った。

「それはそうです。しかし、水と油であっても、目的は一つではござりませぬか」

「なんじゃ」

　宗里は興味を示した。

「海防でございます。わけても、蝦夷地の防衛でございますな」

　左膳は言った。

「……確かに関川さまも本堂さまも蝦夷地を巡る海防については、ご両名共に深い関心を寄せておられる」

　ふんふんと宗里は目を輝かせ始めた。

「目的は同じ、手段が相違するのです」

「その手段の違いがお互い、相容れぬのではないか」

　期待外れのようで不満たっぷりに宗里は言った。

「そうでしょうか」

左膳は首を捻る。

「そなたに何か考えがあるのか」

再び宗里は目に期待を込めた。

「考えという程ではありませぬ。ですが、わしの勘ですが、何かお二方《ふたかた》にはお互いをわかり合おうとしておられるような気がするのです」

「ほう、そうか、それはどんな点じゃ」

宗里は半身を乗り出した。

「関川さまが、けんもほろろに、ろくに話もせずに出て行かれたことです」

「それがどうして、理解し合おうという兆《きざ》しだと申すのじゃ。まるで逆ではないか」

宗里は益々、混迷《こんめい》を深めるばかりである。

「関川さまは質実剛健を以て武士となしておられます。その関川さまが剣術の試合を御覧にはならず、会所に行かれたのです」

「ほう、なるほど。しかし、それは、本堂さまへの反発からではないのか」

「そうは思いませぬ。剣術の試合には本堂家以外の者が多く、出場なさったのです。興味を持って、ひとつくらいはご覧になると思いますが」

左膳は言った。

「そうかのう」

まだ宗里は理解できない様子である。

「好きな剣術の試合を見ずに会所に向かわれたのですぞ」

「早く用件をすませたかったのではないのか」

「そうは思いませぬな。本堂さまとの会見を優先させたと考えるべきではないでしょうか。わしにはそう思えて仕方がありません」

左膳は強く主張した。

「そうか……」

宗里は考え込んだ。

「殿、これは脈があると思いますぞ」

左膳は言葉を重ねた。

「うーむ、なるほどな」

宗里も心を動かされたようだ。

「殿、腹芸《はらげい》ではなく、関川さまに本堂さまとの仲を取り持つ、と申されてはいかがですか。それとも、このまま迷っておられますか」

左膳は挑発するように言った。

「わかった。やってみるぞ」

宗里は表情を明るくした。

「差し出がましい口を開いてしまいました……」

左膳は頭を下げた。

「なんの、気にするな」

鷹揚《おうよう》に宗里は言った。

すると、

「邪魔するぞ」

白雲斎が入って来た。

「父上、ご健勝で何よりですな」

宗里は上機嫌で声をかけた。

「機嫌がよいのう。うまく、事が運んだのか」

白雲斎は言った。

「まだですが、望みがもてそうです」

宗里は左膳を見た。

「左膳、そうか」

白雲斎に問われ、

「殿ならば、成し遂げられるでしょう」

慇懃《いんぎん》に左膳は答えた。

「どうした、珍しく世辞などを申しおって」

白雲斎は肩を揺すって笑った。

「父上、まあ、見ていてください」

決意を示すように宗里は表情を引き締めた。

「そこまで申すのなら、やってみせい」

白雲斎は静かに返した。

宗里は胸を張った。

「但し、くれぐれも逸《はや》るでないぞ」

心配が消えないのか白雲斎は念押しをした。

「任せてくだされ」

宗里はまた胸を張った。あながち虚勢《きょせい》ではなく、自信と責任感を感じさせる。自分を罷免した旧主であるが左膳は少しだけうれしく感じた。

二

その頃、兵部は櫛田孫太郎と共に稲田堀の会所で本堂美作守義和に会っていた。本堂は羽織、袴の略装だ。

本堂は兵部を見ると、

「当家に仕官せよ」

と、前ぶりもなく言った。

兵部は孫太郎を脇目に、

「美作守さまにおかれましては、身に余るお誘いではありますが、櫛田殿にも申しましたように、拙者、何処の御家であろうと仕官する気はござりませぬので、平《ひら》にご容《よう》赦《しゃ》くださりませ」

兵部は深々と頭を下げた。

「ならぬ！」

本堂は血相を変え、怒鳴りつけた。

一瞬、目を見張った兵部であったが、

「ならぬと申されましても、仕官は致しませぬ」

毅然《きぜん》となって兵部は返した。

本堂は孫太郎を見て、

「噂にたがわぬ一徹者、芯《しん》の通った男であるな。益々、気に入った。よかろう、今日のところは仕官は求めぬ。じゃが、諦めはせぬぞ」

本堂は言った。

兵部は一礼してから、

「将を射んとすれば馬からですか。美作守さまの本当の狙いは父ではないのですか」

兵部の考えを受け、

「その通りじゃ。しかし、わしは欲張りでな。そなたも欲しい。親子で仕えて欲しいのじゃ」

本堂は声を上げて笑った。

孫太郎が、

「殿は留まることのないお方です。いつも現状には満足なさらない。ご自身にも家臣にもそのことを求めます」

と、本堂を見た。

「向上心の塊《かたまり》のようなお方でござりますな」

兵部は言った。

「欲というものは悪くはない。むしろ、良いものだと、わしは考える」

かねてよりの持論を展開した。

人を突き動かし、尚且《なおか》つ進歩、向上させるのは欲である。禁欲は善とされるが、禁欲は歩みを止めるものだ。歩みが止まったら老いの始まり、それは滅びへと向かうものだ、と話を締め括った。

「なるほど、歩みを止めるのは滅びへの道ですか」

一理《いちり》ありと兵部は思った。

「ところが、わしの考えを関川さまはおわかりくださらない」

苦悩を本堂は顔に滲ませた。

孫太郎は、

「それゆえ、関川さまは殿の顔を見るなり、怒鳴り飛ばして稲田堀の会所を出て行ってしまわれた。年寄りを悪者にするな、とお怒りになったのだ」

と、横から口を挟んだ。

「わしは、関川さまを気持ちの充実したお方ゆえ、いつまでもお若い、と思っておるのじゃがな、そんなわしの思いは関川さまには伝わらなかった。わしの不徳の致すところじゃがな」

小さくため息を本堂は漏らした。

「殿は表裏のないお方。何事も、腹に隠すことなく明らかにされる。それは、美点ではありますが、欠点にも繋がりますからな」

孫太郎は言った。

「痛いことを申すものよ。じゃが、孫太郎の申す通りじゃ」

本堂は認めた。

「よいではありませぬか。全ての人に良い顔をすることはありません。それでは、政はできぬと思います。何かを成し遂げようとすれば、それを嫌がる者は現れるものです」

もっともらしいことを孫太郎は言った。

「賢しらに申しおって」

本堂は苦笑した。

「それでは、拙者はこれにて」

兵部は腰を上げようとした。

それを、

「待たれよ」

孫太郎が引き留めた。

「まだ、何か」

兵部はおやっとなって返した。

「実は、ひとつ、拙者に手を貸して頂きたいのです」

改まって孫太郎が頼んできた。

「仕官と金を貸す以外なら、承りますぞ」

軽口混じりに兵部は問い直した。

ちらっと孫太郎は本堂を見た。本堂は軽くうなずく。それだけで容易ならざる用向きだと想像できた。

「鯨の紋次郎一味を退治したいのです。ついては、お手助けを願いたい」

孫太郎は言った。

「海賊一味ですか。確かに退治のし甲斐《かい》がありますな。しかし、それは公儀が追っておるのではないのですか」

兵部は問うた。

「それが、うまく捕縛できぬゆえ、わが殿は歯ぎしりをしておられるのです」

孫太郎の言葉に本堂はうなずき、

「捕縛を担っておるのは、火盗改ですな」

兵部の問いに、

「実務は火盗改です。ですが、総指揮を執っておられるのは関川さまです」

孫太郎は言った。

「ほう、御老中が……それはまた、ずいぶんと熱心でありますな。それは、関川さまの正義ゆえですか」

「それもあります。しかし、狙いはわが殿です」

孫太郎の目が尖った。

「関川さまが鯨の紋次郎一味の捕縛に熱心なのが、どうして美作守さまを狙うことになるのですか」

兵部は首を傾げた。

孫太郎は表情を強張らせたまま答えた。

「関川さまは、鯨の紋次郎の背後には殿がおる、という妄想に駆られておるのです」

「なんですと」

さすがに兵部は驚きの声を上げた。

「これは、妄想もいいところなのです」

孫太郎は続けた。

それによると、鯨の紋次郎一味は抜け荷をやっているのだが、その背後にあるのが本堂家である。鯨一味は蝦夷地や九州諸国の物産を運ぶ船に混じって、抜け荷品を運んでいる――という。

「わが殿の稲田堀こそは、鯨一味の隠れ蓑《みの》となっていると、関川さまは疑っておられるのです」

孫太郎は唇をかみしめた。

「それなら、正々堂々、違うということを申されればよろしいのでは……」

言ってから兵部は、

「ああ、そうですか。聞く耳を持たれないのですな」

と、言い添えた。

「稲田堀の会所において、殿はそのこともきちんと釈明しようと思っておられたのです。それなのに、関川さまは……」

孫太郎は唇をかみしめた。

「聞く耳ですか」

なるほどと兵部はうなずいた。

「わが殿としましては、濡れ衣を着たままではいかにも不名誉であるばかりか今後の稲田堀にも悪影響を及ぼします。抜け荷品を集めているのだと、色眼鏡で見られたくはないのです」

わかってくだされ、と孫太郎は言い添えた。

「濡れ衣を晴らすには鯨の紋次郎一味を捕縛するということですか」

兵部が言うと、

「いかにも」

孫太郎が言い、

「力を貸してくれ」

本堂が頼んだ。

「それは、やぶさかではございませんが、本堂家家中で成敗隊を編成なさってはいかがでしょう」

兵部は言った。

「それができるなら、そなたには頼まぬ」

本堂はため息を吐いた。

申し訳なさそうに孫太郎は面《おもて》を伏せた。

「稲田堀での剣術試合を御覧になったであろう。あれが当家の実力……」

これを受けて、

「剣術試合を行い、腕の良い浪人者を召し抱えようとしたのも、海賊退治の部隊を編成するのが目的であった」

本堂は言った。

「なるほど、して、お目にかなった者はおりましたのですか」

「何人かおったので、召し抱える。だがな、いまひとつ頼りない。芯を持つ者がいないというか」

悩ましそうだ。

「入門の際にも申しましたが、改めて兵部先生にお願いしたいのでござる。あの時はあくまで拙者の私的なお願いでしたが、本日はこのようにわが殿からの申し入れでありまます」

孫太郎は言った。

「海賊退治ということであれば、一肌《ひとはだ》脱ぎますが。肝心の鯨一味の所在はわかっておるのですか」

兵部は疑問を口に出した。

「ほぼ摑んでおりますぞ」

孫太郎は答えた。

「確かなのですか」

兵部は首を捻った

「稲田堀を荒らした者たち、鯨の紋次郎一味であったのです」

孫太郎はくやしげに顔をしかめた。

「以前、紋次郎一味を騙った者どもが旧主大峰能登守さまを襲った、と耳にしましたが……」

「今度こそ間違いございませぬ。会所頭取、船岡与三郎が突き止めました」

孫太郎の言葉に本堂も首肯する。

「船岡殿が役目熱心とは父からも聞いております。船岡殿はどのようにして一味の棲み処を探り当てたのですか」

この問いかけには本堂が答えた。

「稲田堀の西門近くで茶店を営んでおる権兵衛と申す者がおる。国許でも茶店を営んでおったのじゃが、気の毒に火事で身内を亡くしてな……それで、稲田堀を造作するに当たって店を出してはどうじゃと声をかけたのじゃ。その権兵衛が、紋次郎一味の棲み処を探し当ててくれた」

権兵衛は本堂に深く感謝しており、本堂が心血《しんけつ》を注いで作り上げた稲田堀に害を成す者が許せなかった。このため、稲田堀から逃げた者の後をつけ、棲み処に辿り着いた。

そのことを権兵衛は与三郎に伝えた。与三郎は会所の役人たちと棲み処に潜入し、連中のやり取りから鯨の紋次郎一味だと判明したそうだ。

「殿は若年寄の多忙なお役目の中、国許の政も疎《おろそ》かにはなさっておられぬ。まこと、臣下《しんか》の一人として頭が下がります」

追従《ついしょう》ではなく孫太郎は心底から感服《かんぷく》しているようだ。

「して、紋次郎一味の棲み処は何処ですか」

兵部が確かめると、

「今夜、成敗する際にご案内致す」

毅然と孫太郎は言った。

「今夜……」

兵部は目をぱちくりとさせた。

「善は急げ、でござる」

当然のように孫太郎は答えた。

「承知した」

兵部が受け入れると、

「かたじけない」

孫太郎は礼を言い、本堂も軽く頭を下げた。

三

その晩、兵部は孫太郎と共に、深川海辺新田《ふかがわうみべしんでん》にある、空き屋敷へとやって来た。召し抱えようとした浪人たちは、鯨の紋次郎一味成敗と聞き、怖気《おぞけ》を振るって逃げ出したそうだ。

兵部と孫太郎は額に鉢金《はちがね》を施《ほどこ》し、襷掛《たすきが》け、それに裁着け袴という動きやすい格好だ。加えて、孫太郎が用意した鎖帷子《くさりかたびら》を小袖の下に着込んでいた。

分厚く垂れこめた雲の隙間に寒月《かんげつ》が覗き、凍えるような海風が吹きすさんでいる。

吐く息は白く流れ消え、手がかじかみそうだった。

「いかにも、海賊が潜んでいそうですな」

兵部が語りかけると、

「さよう」

孫太郎は言った。

「ならば、早速」

兵部は屋敷の中に足を踏み入れた。

庭と言うよりは荒れ野である。

雑草や枯れ薄《すすき》が生《お》い茂り、とてものこと人の棲み処ではない。庭の中にあばら家がある。

瓦は剝がれ落ち、板壁は穴だらけとあって中に居ても隙間風どころが野ざらし状態となろう。

したがって、人が住んでいないようにしか見えない。

「行《ゆ》きますぞ」

孫太郎が言うと、兵部もうなずく。強い海風の中、物音がし、あばら家から男が姿を現した。

物も言わず、孫太郎は抜刀するや男に向かった。突然の闖入者に男は口をあんぐりとさせた。

孫太郎は突きを食らわせた。

兵部から学んだ来栖天心流剛直一本突きを繰り出したのだ。喉仏を貫かれ、男は声を上げることもできず仰向けに倒れた。

次いで、孫太郎は躊躇うことなくあばら家に乗り込んでゆく。

兵部も続いた。

「用心なされ」

声をかけながら孫太郎は奥に進む。

兵部も刀を抜き、そのまま廊下を奥に進む。廊下がみしみしと鳴る。左右に連《つら》なる部屋は障子などなく、闇に沈んでいた。天井から梁《はり》が崩れ落ち、行く手を遮《さえぎ》る。

「奥まで行きますぞ」

孫太郎は梁を跨いだ。

すると、左右から敵が襲いかかって来た。

銛や鑓を手にしている。

兵部と孫太郎は背中合わせになり、敵を迎え討った。

狭い空間での剣戟《けんげき》とあって、来栖天心流は真価を発揮した。

懐に呼び込み、突きや籠手《こて》打ちを中心として敵の首や腕、太股に攻撃を加える。

たちまちにして、五人の敵が倒れ伏した。

眼前の敵が消え、兵部と孫太郎は更に奥へ進む。奥の部屋は壁に大きな穴が開いていた。

荒野と化した庭を数人の男たちが逃亡してゆく。

兵部と孫太郎は穴を潜《くぐ》って庭に降り立った。

裏手は浜辺となっていて桟橋《さんばし》が設けてある。桟橋には屋根船が繋いである。屋根には棹《さお》を手にした水手たちが待機していた。

男たちは桟橋を走り抜け、屋根船に乗り込んだ。

兵部と孫太郎も必死で追いかけたが、追い付けず船は漕ぎ出た。

紫紺の海面を滑るように船が遠ざかる。水面《みなも》に映り込んだ月が虚《むな》しく揺れていた。

「やはり、海戦を覚悟せねばなりませぬな」

孫太郎は歯ぎしりをした。

「そうですな。あいつらは、海に出れば無敵ですぞ」

兵部も悔しさで唇を嚙んだ。

「となれば、船を用意せねばなりませんな。もちろん、水手も」

孫太郎も言う。

「まさしく」

兵部は思案をした。

「お任せください」

稲田堀に出入りする廻船問屋から調達すると孫太郎は言った。

「しかし、逃げられましたぞ」

力及ばすだと兵部は悔やんだ。

「なに、心配いりません。こうなることは、想定通りですぞ」

孫太郎は言った。

「と、いうと」

兵部が問い返した時には、小舟が漕ぎ出されていた。

「あれは」

兵部が問いかけるまでもなく、

「鯨一味を追っております。小舟と言っても侮《あなど》るべからず、ですぞ」

孫太郎が言うには、船頭が相当の腕こきであるそうだ。

「しかし、海賊船が沖合に出れば、追いかけるのは難しいのではありませぬか」

兵部は危惧した。

「そのご懸念には及びませぬ。何処までも追いかけます」

孫太郎は自信ありげに言った。

「ほう、そうですか」

とにかく、孫太郎の言葉を信じるとしよう。

「ひとまず、稲田堀の会所に戻りましょう。吉報《きっぽう》が届きますぞ」

孫太郎の言葉に兵部も期待した。


果たして会所に戻ってから一時《いっとき》後、鯨の紋次郎一味の逃亡先がわかったとの一報がもたらされた。

それどころか、与三郎たち会所役人が紋次郎を捕縛した、という報せが届いた。

紋次郎たちは大川を上った深川佐賀町《さがちょう》の商人宿に身を潜めていたそうだ。兵部と孫太郎に斬り立てられて気力、体力が失われていたという。

喜ばしい反面、燃え盛っていた戦闘意欲の持って行き場を失くし、兵部は胸にもやもやが残った。ともかく、自分の役割は終えた、と帰ろうとした。

そこへまたしても使いが入って来た。

使者の口上《こうじょう》を聞き、兵部は驚きと戸惑いを抱いた。捕縛した鯨の紋次郎を兵部と孫太郎の手で関川飛騨守の上屋敷まで連れて行け、というものだった。

四

その頃、宗里は密かに関川の上屋敷を訪ねていた。

御殿奥の書院にて、宗里は関川に対面をした。

「そなた、稲田堀に参らなかったな」

前置き抜きで関川は語りかけた。目元は険しく引き攣《つ》り、眼光は鋭くなっている。いわば、一睨《ひとにら》みで宗里を威圧《いあつ》している。

宗里はたじろぎながらも、

「腹の具合が悪くなりまして」

と、苦しい言い訳をした。

「病ということであれば、致し方がない……とは申さぬぞ」

関川は声を荒らげた。

「はあ……しかし」

しどろもどろとなり関川を見返す。

関川はしばらく宗里を睨んでいたが、

「もう、終わったことじゃ」

吐き捨てる。

宗里は黙ったままだ。

「一体、何をしにまいった。言い訳をしに来たのか」

冷《さ》めきった態度で関川は繰り返した。

「そうではございません」

思い切って言葉を繋いだ。

「なんじゃ」

今度は声の調子を落とし、

「関川さまと本堂さま、お互いにわかりあって頂きたいのです」

思い切って宗里は言った。

「ふん、埒《らち》もない」

関川は右手をひらひらと振って、そっぽを向いた。

「お聞きください」

宗里は声を励ました。

宗里がそんな強い態度に出るとは意外なのか関川は目を見開いた。

関川さまも本堂さまも目指すところは同じではないでしょうか」

「何が言いたい」

「海防でございます。関川さまも本堂さまも海防、すなわち、公儀を……日本国を西洋諸国から守ることではないのでしょうか」

必死の形相《ぎょうそう》で宗里は言った。

「確かに、海防こそが何を置いても大事じゃ」

「本堂さまも同じお考えでございます」

宗里は言った。

「それは見せかけであろう」

関川は疑った。

「見せかけとは」

宗里は訝しんだ。

「海防大事と申しながら、本堂の本音は金儲けじゃ」

関川の眉間に深い皺が刻まれた。

「金儲けと申されるのは関川さまらしいと存じますが、本堂さまは商いによって公儀の台所を富ませようとしておられるのです」

宗里はしっかりとした口調で述べ立てた。

「公儀の台所を潤すに商いは必要ない、とまでは申さぬが、あくまで基本は天領からの年貢である。大地の恵みじゃ。商人どもからは、災害時、年貢が滞《とどこお》ったなら、運上金《うんじょうきん》として取り立てればよいのじゃ。武士たる者が商いに血眼《ちまなこ》になって何とする」

関川は不機嫌になった。

「商いに血眼になっておるわけではありません。本堂さまは商人どもを活用しておられるのです」

「活用じゃと、ふん、物は言いようであるな」

関川はせせら笑った。

「そのようなことはございません」

宗里の口調は熱を帯びた。

すると、関川は、

「そなた、本堂に取り込まれたか。一体、いくら貰った。それとも、寺社奉行に推挙《すいきょ》するとでも言われたか」

関川の形相が歪んだ。

「情けなき、お言葉でございます。不肖《ふしょう》、この能登守、公儀の末席を穢《けが》す者でござります。それを賂で転ぶ、と申されますか」

宗里は断固とした態度で抗議に出た。

関川は表情を和らげ、

「これは、失礼致した。言葉が過ぎたようじゃやな」

と、すまぬと詫びた。

宗里は礼を返した。

関川は真顔になり、

「ならば、この際であるゆえ、申しておくが、わしが本堂を信用ならぬ、いや、公儀に罪悪を生むと考えるのはな、あ奴の商人の如き、その手法ではないのだ。わしは、商いを嫌う。銭金に固執《こしつ》する商人という生き物が嫌いじゃ。そのことは、公儀の場においても公言しておる。じゃがな、商人とて、この世からなくしていいものとは思わぬ。商人もこの世になくてはならぬと考えておる。」

関川は言葉を止めた。

「ならば……」

　どうして、そんなにも本堂を嫌うのだと宗里は思った。

「本堂が商いを重視し、商人どもとうまく付き合うことは面白くはないが、認めてやってもよい。但し、それで治まればだ」

「それで治まればとは……」

「つまり、法度《はっと》に従った商いであればという意味じゃ」

「では、本堂さまは法度を犯しておられる……まさか、抜け荷に手を染めておられるとお考えなのでしょうか」

　宗里は言った。

「鯨の紋次郎一味を操っておるのは、本堂である」

　明瞭な声音で関川は断じた。

「それはないと思いますぞ。拙者は、鯨の紋次郎を騙る者どもに襲われました。たじろがず撃退してやりました。申したように、鯨の紋次郎一味の騙り者であったのです。間違いありませぬ」

　宗里は思わず大きな声を発した。

「わしは嘘、偽りは大嫌いじゃ。本堂美作守は間違いなく鯨の紋次郎一味と結託《けったく》しておる。そなたを襲ったのは、騙り者なんぞではない」

関川は轟然《ごうぜん》と言い放った。

頭ごなしに自分の意見を否定され、

「なんと」

宗里は唇を噛んだ。

「海賊一味と結託し、私腹を肥やす者を公儀に置いておけると思うか。そのような者に公儀の台所を預けてよいのか。公儀は海賊で稼いだ金で営まれることになるのじゃぞ。そんなこと、許されるはずもあるまい。そうであろう、能登守殿。わしは許さぬ。少なくとも、目の黒いうちは本堂を老中にはせぬ。いや、若年寄も罷免し……いや、それくらいでは済まさぬ。奴めを切腹に追い込み、本堂家を改易《かいえき》に処してやる!」

関川は語るうちに激していった。

「真実であるのなら……」

おずおずと宗里が返したところで、

「真実じゃと申したぞ!」

関川は激昂した。

思わず、宗里は平伏した。

嫌な空気が漂った。

重苦しい空気を払うように関川は口を開いた。

「よって、わしは鯨一味捕縛の指揮に当たっておるのじゃ。火盗改だけには任せられぬゆえな」

穏やかな口調に戻って関川は言った。

「それは……」

宗里はなんと答えてよいかわからない様子である。

「まあ、もうじきじゃ。もうじき、鯨の紋次郎一味を捕縛する。さすれば、本堂の悪事が明らかとなるのじゃ」

関川は言った。

宗里は無言で関川を見返した。

「よい。そなたが悪いわけではない。そなたなりに考えて、わしと本堂の間を取り持とうと思ったのであろう」

鷹揚に関川は語りかけた。

「そうおっしゃって頂きますと、それは何よりの励みでござります」

おごそかに宗里は返した。

「よい、そなたの気持ちはよくわかった。そなたは真っ直ぐな人柄ゆえ、本堂という男の性根《しょうね》まではわからなかったのじゃ。これも、経験じゃ。公儀の政を担うには人を見る目を肥やさなくてはならぬ。こたびは、よき勉強となったであろう」

関川の言葉に、

「畏れ入って、ござります」

と、宗里は頭を下げた。

関川は満足そうにうなずいてから、

「ところで、そなたの配下におった来栖左膳と兵部の親子、中々の使い手であるな。兵部はわが配下の藤田伝十郎と互角の腕を披露した、とか」

「そうであったな。来栖左膳は苦い顔をした。

話題が左膳と兵部に転じて宗里は苦い顔をした。

「そうであったな。来栖左膳はそなたの勘気《かんき》を蒙《こうむ》って、奉公構《ほうこうかま》いにしたのだったな」

関川に痛いところを指摘されて、宗里は、

「あ奴は一徹者でして」

と、言い訳を並べようとしたが、

「よい、そなたを責めようとは思わぬ。まあ、なんじゃ、ほとぼりが冷めれば、帰参させればよかろう」

関川は言った。

「さようでございますな」

曖昧に宗里は言葉を濁した。

すると、そこへ廊下を足音が近づいた。関川を呼ぶ声がした。

藤田伝十郎である。

関川は部屋を出た。

「なんじゃと」

驚きの声が上がった。

「まことか」

続いて関川は動揺している。

「よし、会おう」

関川は命じ、藤田は足早に立ち去った。

「それでは。拙者はこれにて失礼を致します」

気を利かせ、宗里は遠慮しようとした。

「構わぬ、いや、そなたもおった方がよい」

関川は本堂が来た、と言った。

五

「本堂さまが……」

さすがに宗里は驚きの表情を浮かべた。

「一体、どうしていらっしゃったのですか」

宗里は問いかける。

「鯨の紋次郎を捕縛したそうじゃ」

関川は淡々と言った。

「しかし、本堂さまは鯨一味を操るのでは……」

ここまで言ったところへ、

「失礼致します」

大きな声と共に本堂がやって来た。

関川は苦い顔つきで迎えた。宗里は慌てて挨拶をした。

「おお、大峰殿もいらしたか。それなら、余計に好都合じゃ」

本堂は上機嫌である。

「まあ、お座りなされ」

関川は言った。

失礼と断ってから、本堂は関川と向かい合った。

「鯨の紋次郎を捕縛したそうじゃな」

関川は言った。

「いかにも。こちらに連れてまいりました」

本堂は関川に引き渡す、と言った。

「まことの鯨の紋次郎か」

関川は口の中でぶつくさと呟いてから、首を捻った。

藤田が関川に耳打ちをした。

「よかろう、連れてまいれ」

関川は言うや部屋を出て、濡れ縁に立った。

本堂も続く。手持ち無沙汰《てもぶさた》となった宗里も部屋を出た。

庭先に櫛田孫太郎と来栖兵部がやって来た。孫太郎は縄を打った紋次郎を連れている。

孫太郎は紋次郎を座らせた。

「この者が鯨の紋次郎か」

関川が問う。

「間違いござりませぬ」

孫太郎が答えると、

「藤田、どうじゃ」

と、藤田に確認した。

藤田は紋次郎の前に立ち、屈《かが》み込んで顎を摑んだ。そして一瞥《いちべつ》すると、

「間違いありません。それがしの手で捕縛できなかったのが残念です。本堂さま、お見事でござりましたな」

と、明瞭《めいりょう》に断じた。

本堂が鯨の紋次郎一味、捕縛の経緯を語った。

「そうか」

関川は言った。

「これで、誤解を解いて頂けましたでしょうな」

本堂は言った。

「う、うむ、いや、誤解などと」

旗色が悪くなり、関川は曖昧に口ごもった。本堂が鯨一味を操っていると決めつけていた手前、ばつの悪さを感じているのだろう。

「殿、この者をいかにしますか」

藤田が訊くと、

「仮牢《かりろう》に入れておけ。火盗改に引き渡す」

関川は命じた。

藤田が孫太郎から紋次郎の身柄を受け取り、引き立てていった。

孫太郎と兵部が残った。

「その方ら、大した働きであるな」

関川は二人を賞賛した。本堂が兵部を紹介した。

「そうか、その方が来栖兵部か」

と言ってから、宗里を見た。

宗里が、

「兵部、でかしたぞ！」

と、興奮で声を上ずらせた。

「拙者は船岡殿の頼みで鯨一味退治に加わっただけです」

兵部は静かに告げた。

内心では自分の手で捕まえられなかった悔しさと棚から牡丹餅のような手柄にいまひとつ喜びが湧かない。そのため、ついつい浮かない表情となり、言葉にも力が入らなかったのだが、

「謙虚《けんきょ》じゃのう」

と、関川は好意的に受け止めてくれた。

「実際、拙者は多少の刃を振るったばかりでござります」

どうにも居心地が悪い。

「うむ、その態度やよし、じゃ」

関川は言った。

「では、これにて」

孫太郎は辞去した。

兵部も一緒に立ち去った。

「いや、これで、懸案《けんあん》は落着《らくちゃく》しましたな」

本堂が朗らかに語りかけた。

「そうじゃのう」

関川も部屋に入った。

すると、宗里が、

「いかがでござりましょう。お二方、これを機会に思う様《さま》、腹の内をさらけ出し、お互いの考えを述べあっては」

と、間に入って述べ立てた。

「よい考えですな」

本堂は快く応じる風である。

「そうであるな」

関川も応じた。

ほっと安堵したように宗里はうなずき、

「では、拙者は席を外しますぞ」

と、言ったが、

「同席して構わぬ……」

関川は答えてから同意を求めるように本堂を見た。

「望むところです。こうしたことは、とかく言った、言わぬが問題となりますからな。大峰殿が立ち会ってくださるのは、まことにありがたい」

本堂も快く受け入れた。

宗里はやる気となり、

「ならば、同席をさせて頂きます」

と、断りを入れた。

二人はうなずき合った。

それから本堂が、

「拙者、かねてより関川殿の政への姿勢、深く感じ入っておるのでござります」

と、言った。

「いや、わしは歳じゃ。長い間、政に関わっておるだけじゃよ」

という関川の謙そんに、

「それが大変に勉強になります」

謙虚に本堂は言った。

「そなたに確かめたい」

関川は静かに告げた。

「なんなりと」

本堂は受けて立つ姿勢となった。

「稲田堀はそなたの政を表す場であるな。そなたは、商いを政に活用しようと考えておるそうじゃが、目的はあくまで海防であって、商いはその手段に過ぎぬ、と考えてよいのじゃな」

関川の念押しに、

「むろんのことでございます。拙者、私腹を肥やすつもりなどござりませぬ」

本堂ははっきりと答えた。

「その言葉に偽りはないな」

念押しをするように本堂は言葉を重ねた。

「武士に二言《にごん》はござらぬ」

本堂は言葉こそ荒らげていないが、その表情は不退転《ふたいてん》の決意を示すもののようである。

しばらくの間、二人は睨み合った。

その後、

「いや、よくわかった。わしはそなたを誤解しておったようじゃ」

関川は言った。

「拙者の不徳の致すところでござります」

殊勝《しゅしょう》に本堂は応じた。

　宗里が、

「いやあ、ようございました」

　と、感に堪《た》えない声を上げた。

「大峰殿、よくぞ間に入ってくださった」

　本堂が礼を言った。

「大峰殿、わしからも礼を申す」

　関川も軽く頭を下げた。

「いや、まこと、御両所《ごりょうしょ》の度量の大きさが今の結果に至ったところだと存じます」

　宗里はあくまで謙遜した。

「まこと、今宵はよい気分になった」

　関川は酒の支度をさせた。

「では、遠慮なく」

　本堂は応じる。

「もちろん、大峰殿も付き合ってくださるな」

　関川に誘われ、宗里も断るわけがない。

酒宴となった。

「わしは、食に興味がなくてな、お若いお二人のお口には合わぬかもしれぬがな」

関川が言ったように、運ばれた膳にはめざしと糠漬《ぬかづ》け、湯豆腐だけがあった。

なるほど、幕政を担う老中の宴《うたげ》とは思えない質素な膳である。酒も古酒《こしゅ》だ。

「なんの、これは御馳走でありますな」

本堂は言った。

宗里も、

「過分なるおもてなしでござります」

と、追従《ついしょう》を言った。

「世辞でもよい」

関川は言った。

すると本堂が、

「鎌倉武士はまこと質実剛健を旨としておったとか。執権北条時頼《しっけんほうじょうときより》殿は、夜半の宴で味噌さえあれば申し分なし、と喜ばれたとか」

と、言った。

「まさしく、それじゃ」

関川は我が意を得たりとばかりに膝を打った。

「いや、今宵の酒は美味いですな」

気分がよいと宗里も応じた。

「まことよな」

関川も酒が進むと上機嫌である。

「今宵は存分に飲みましょうぞ」

本堂も言葉を添えた。

「拙者もそうしたいのですが」

おずおずと宗里は言った。

「いかがされた」

関川の問いかけに、

「いや、そろそろ、おいとましようかと」

申し訳なさそうに宗里は頭を下げた。

「名残《なごり》惜しいが」

関川は無理に引き止めるのは遠慮すると宗里の帰るに任せた。

第五章　呉越同舟《ごえつどうしゅう》

一

宗里が帰ってから、

「酒肴《しゅこう》をもて」

と、関川は命じた。

程なくして、数人の侍女たちが食膳を運んで来た。

本堂が笑みをこぼす。

膳には鮑《あわび》、帆立を使った長崎の卓袱料理《しっぽくりょうり》、更には肉料理もある。酒は清酒の他に葡萄酒《ぶどうしゅ》もあった。透明なギヤマン細工の酒器《しゅき》の中で血のような色をした酒がたゆたっている。

「ローストビーフ、と、申したな」

関川は大皿に盛りつけられた肉料理に視線を落とした。

「さようですぞ。葡萄酒によく合います」

本堂が答えると、
「どれ」
切り分けられたローストビーフを箸で摘まみ、関川は口の中に入れると咀嚼《そしやく》をし始めた。

やがて破顔《はがん》し、関川は金が施された阿蘭陀渡りの杯を手に取った。満足そうな顔で葡萄酒を飲む。

「そなたの申す通りじゃな。まことに美味《びみ》じゃのう。西洋の者どもはこのように美味《うま》い物を食しておるのじゃな。いかにも精がつきそうじゃ。長生きができるぞ。それに、身体も丈夫《じょうぶ》に育つはずじゃのう」

上機嫌で関川は舌鼓を打った。

「まこと、西洋の者どもと合戦《かっせん》に及ぶには、食から改めるべきと考えますが、それは置いておくとしまして、食に限らず、西洋の文物《ぶんぶつ》には興味深いものが数多《あまた》あります。特にエゲレスは大筒や鉄砲などの飛び道具が日本の遥か先を行っておりますな。オロシャから蝦夷地を守る上で、エゲレス製の大筒、鉄砲を手に入れること、真剣に考えるべきと存じます」

淡々と本堂は持論を展開した。

「武具もそうじゃが、日本にはない珍しい品々もある。抜け荷が儲かるはずであるな」

関川はうなずく。

「関川さまはまこと知恵深きお方でござります」

本堂は賛辞を贈った。

「伊達《だて》に歳を取っておるわけではないぞ。幕閣の者どももわしとそなたは水と油の関係と思っておる。まんまと騙してやったぞ」

ははは、と、関川は大口を開けて笑った。

「拙者の考えは浅いですな。まさか、関川さまが拙者と手を組んでくださるとは。稲田堀の会所でのお怒りの会見、まことに役者顔負けのお芝居でござりました」

本堂は何度も首を縦に振った。

「失礼します」

と、藤田が入って来た。

「そなたも、食せ」

と、関川は声をかけた。

藤田は葡萄酒を勧められたが苦手《にがて》でござりますと断って清酒を選んだ。

それからおもむろに本堂に向いた。

「美作守さま、全てはうまくいきましてございます」

「紋次郎、始末をつけたな」

本堂の問いかけに藤田はうなずく。

本堂は関川に向かって、

「今宵、紋次郎が関川さまに拝謁《はいえつ》を願っております。身代わりは殺しましたので、紋次郎一味征伐《せいばつ》は世間には落着《らくちゃく》したと思われます」

と、会ってやって欲しいと頼んだ。

「うむ、苦しゅうない」

関川は許した。

藤田が、

「本物の鯨の紋次郎でござります」

冗談とも本気ともつかない物言いをして腰を上げると障子を開け、濡れ縁に立った。

男が片膝をついて控えていた。

本堂が藤田の横に立った。

「紋次郎、関川さまのお許しが出たぞ。盃《さかずき》を取らすとおっしゃっておられる。上がれ」

本堂に言われ、紋次郎は立ち上がり頰被りをしていた手拭を脱ぎ払った。月光にほの白く照らされた紋次郎の顔は好々爺然とした柔らかみを湛えていた。

それはまごうかたなき稲田堀の茶店の主人、権兵衛である。紋次郎は濡れ縁から座敷に入ると隅で控えた。

「遠慮するでない。近《ちこ》う」

気さくに関川は声をかけ、

「こう、おおせだ」

本堂も勧めた。

紋次郎は辞《じ》を低くして関川の前に侍《はべ》った。関川は大杯を渡した。

紋次郎は両手で受け取る。

「漁師は酒豪揃《しゆごうぞろ》いと聞くぞ」

関川は大杯に自らの手で清酒を注いだ。五合は入ろうかという大きな盃は澄み渡った酒で満たされた。

紋次郎の好々爺然とした顔が映り込み、澄み渡った酒にたゆたった。紋次郎は関川に一礼すると大杯の端に口をつけ、ゆっくりと杯を傾ける。喉がごくごくと鳴った。

関川はじっと目を凝らした。

関川の期待通り、紋次郎は大杯の酒を一息に呑み干した。

「うむ、見事じゃ」

関川は賞賛の声を浴びせた。

紋次郎はけろっとした顔で頭を下げた。

「ともかく、紋次郎、おまえは、よく働いた」

本堂も褒めた。

「わしは、芝居はできませんで、最初は大丈夫かと心配したんですがね、やってみると慣れるもんで、茶店の主人も楽しいものでしたよ」

へへへ、と紋次郎は笑った。

「船岡にも気づかれずにすんだな」

本堂に言われ、

「船岡さん、馬鹿正直なお方ですな。一生懸命なのはわかりますが、ああ、馬鹿正直では悪党を相手にはできません。こっちが騙すのに気が差すような人の好さでしたぞ」

紋次郎は言った。

「船岡はあれでよい。何しろ、稲田堀は物産と共に大金が集まる。あいつのような正直者でないと、任せられぬ」

本堂の言葉を受け、

「まことじゃ」

関川も賛同した。

「しかし、来栖左膳という浪人、あの男は油断ができませんなあ」

紋次郎は言った。

「いかにも。だが、今回はあいつもむざむざと騙された」

本堂は心配には及ばぬ、と歯牙《しが》にもかけなかった。

「それもこれも、船岡さんが好いお人だからですよ。来栖も船岡さんの誠実さに引かれて、稲田堀を守ろうという気になったのですからな。船岡さん、何か褒美をあげなくちゃいけませんぜ」

紋次郎は笑った。

「それと、なんと申しても紋次郎の働きが大きいぞ、来栖をまんまと欺きおったのだからな」

本堂は視線を紋次郎から関川に移した。

「おまえが、わしの隠密、半平太の逃亡を邪魔だてしたのじゃな」

関川に問責《もんせき》され、

「あれはお詫び申し上げます。ですが、あの時はあのままでは稲田堀は、関川さま以外の幕閣方にも不審の目を向けられ、手入れが入る恐れがありましたからな」

堂々と紋次郎は答えた。

「うむ、それは良き判断であったと思う。あれで、面白くなった。それに、まさか、わしと本堂殿が裏で手を組んでおるとは、お釈迦さままでも気づくまいからな」

関川は笑った。

「まさしく」

本堂も手を打った。

「して、今後であるが」

関川は声を潜めた。

本堂は紋次郎に目配せをした。おもむろに紋次郎が語り出した。

「来月にオロシャの船と江戸湾の沖合で接触します」

紋次郎たちが稼いだ琉球やスマトラの品とロシア船が積載《せきさい》してきたラッコの毛皮を交換する。しかる後に、琉球経由でラッコの毛皮を売り捌くのだとか。

「北洋に棲息《せいそく》する珍獣《ちんじゅう》の毛皮を欲する者は多く、大した評判ですので、これは高く売れますぞ」

紋次郎の言葉に関川は顔を輝かせた。

「阿蘭陀の商人どもも、喜んで買います」

本堂は言い添えた。

「それと、わしら鯨捕りに従事してきた者には、北の海は鯨の宝庫でございます。ところが、オロシャに加えてアメリカなる国も鯨捕りにやって来ます。オロシャとはうまくやっていきたいのです」

「まあ、そのうち、蝦夷地は松前に返す。さすれば、オロシャは蝦夷地のアイヌとも交易ができるようになる。オロシャには適当な餌を与えておけばよいのじゃ」

関川は笑った。

「奥羽の諸藩も蝦夷地の警護には辟易としております。内心では蝦夷地警護なんぞやりたくはない、松前に任せればいい、と思っておりますからな。関川さまのご判断は歓迎されるでしょう」

本堂は言った。

「わしはまだまだ政を退く気はない。わしの目の黒いうちにそなたを老中に引き上げてやるぞ」

上機嫌で関川は言った。

「ありがたき幸せでござります」

本堂は頭を下げた。

「今宵は大いに飲もうぞ」

関川に言われ、本堂も紋次郎も藤田も大いに気炎を上げた。

「稲田堀は成功する。鯨の紋次郎一味もお縄になった。最早《もはや》、危惧するようなことはない」

酔に任せ本堂は断じた。

「油断はするな」

関川が諌めた。

「最早、危惧すべきことはありません」

本堂は自信に満ちている。

「まさしく」

藤田も賛同した。

一同の前途に障害はないように思えた。

二

市中では鯨の紋次郎一味が退治されたという読売の記事で湧き立っていた。

すっかり、気を良くした櫛田孫太郎は兵部の道場を訪れた。

「先生、まことにありがとうございました」

孫太郎は紋次郎一味征伐の功により、加増されたそうだ。江戸家老である父とは別に一家を立てられ、三百石を与えられたという。

「それもこれも先生のお蔭です」

孫太郎は何度も感謝の言葉を並べ立てた。

「その辺にしてくだされ。尻がこそばゆくなる」

兵部は右手をひらひらと振った。

「それで……」

遠慮がちに孫太郎は礼金を差し出した。

「これは、頂戴できぬな。既に、稽古賃は貰っておるのだからな」

言下に兵部は断った。

「ですが、海賊退治ができた礼なのですから」

と、孫太郎は渡そうとしたが、

「それも含んでの稽古賃だ」

頑《がん》として兵部は受け取らない。

孫太郎は無理強《じ》いはしなかった。それからふと顔を曇らせる。

「いかがされた」

兵部は孫太郎の変化に気づいた。

「気のせいだと思いますから」

孫太郎は口ごもった。

「腹に一物《いちもつ》を持ったままでは、楽しくはないであろう。おれは、本堂家とは関わりのない男だ。なんでも話せるのではないのか」

兵部が言うと、

「そうですな」

気持ちの整理をするように孫太郎は大きく呼吸をした。

「心に引っかかっておるのは鯨の紋次郎一味が案外ともろかったということです」

意外なことを孫太郎は言い出した。

「もろかった……そうかな。なるほど、それは孫太郎殿からすれば、歯応えがなかったと、物足りなさを感じておられるのだろう」

兵部に言われ、

「いや、そうではなく、なんと申したらいいのか、うまく説明できませんが」

自分の疑問点を整理するように孫太郎は腕を組んだ。

「思い過ごしではないのか」

兵部は首を傾げた。

「いや、そうではなく……何かがおかしいのです」

孫太郎は言ってから、

「そうだ、あまりにも安易に奴らの所在がわかったことが、まずは挙げられますな」

「それは、稲田堀の会所の地道な探索なのではなかったのかな」

「それはそうですが」

「地道な探索を不審だと」

兵部は首を傾げた。

「なんと申したらよいか」

「だが、会所頭取の船岡与三郎殿は生真面目を絵に描いたような男ではないか」

兵部の言葉に孫太郎も賛同しつつ、

「まさしくあれこそが誠実無比の生真面目な男です。その男の探索故、疑うことはなかったのですが、それがおかしい」

「どうしてだ。申しておることが矛盾に満ちているように思えるではないか」

兵部は言った。

「そうなのですが……」

うまく説明できない、と孫太郎は頭を抱えた。

「考え過ぎなのではないのか」

慰めるように兵部は語りかけた。

「いや、そうではなく……」

「船岡が信用できないのか」

「いえ、あいつのことは信じています。ですが、あいつも人を疑いませぬ」

ここまで言った時、

「船岡殿はどんな地道な探索を行ったのだったかな」

兵部が確かめた。

「そうだ、権兵衛の通報でしたな」

孫太郎は思い出した、と声を大きくした。

「権兵衛とは……」

「稲田堀が出来てから茶店を営んでおる男ですな。お父上が鯨の紋次郎を騙る男を捕まえた時にも働きをしたのです」

孫太郎は権兵衛が、偽《にせ》紋次郎が逃亡しようとした際に、大八車で妨害をした経緯を語った。

「拙者はそれを船岡から聞きました。船岡は権兵衛の働きを賞賛しました。今回も権兵衛が紋次郎一味の動きを報せてくれたのです」

孫太郎は言った。

「ならば、権兵衛が疑わしい、と」

「疑うまでの確信はありませんが、こうまで重なるというのは」

「権兵衛はどんな男なのだ。素性は確かなのだろう」

「殿が国許を巡回中に立ち寄った村で茶店を営んでおったそうです。火事で身内を亡くし、殿が不憫《ふびん》に思って稲田堀造営に際して呼び寄せたのです」

「本堂さまもよくご存じの身元確かな男ということか」

「殿が保証されたのですから船岡も疑わずに権兵衛を稲田堀で茶店を営ませたのだそうです」

孫太郎は言った。

「素性確かで、評判もよい男ということか。おまけに機転も利く、一見して模範的な稲田堀の住人だな」

「そうなのですが」

そこにかえって不審を抱いているようだ。

「胸にもやもやがあるのなら、とことん調べてみるのがよかろう。おれも手助けしたいが、腹を探るとか探索というのは苦手だ」

兵部は言った。

「これ以上、先生のお手を煩わせるつもりはありません。でも、話しているうちに、曖昧模糊《あいまいもこ》としたものがはっきりとしてきました」

孫太郎は礼を言った。

「お役に立ててよかった」

こっちももやもやとしてきた、と兵部は思った。

三

左膳は稲田堀の会所にやって来た。近頃は左膳が指南しなくても会所の役人や稲田堀の住人たちが傘張りをしている。みな、左膳を見ると、

「これでよろしいですか」

「間違ってませんかね」

などと声がかかり、左膳は気になる点を指摘していった。

「兵部殿にはすっかりお世話になりました」

鯨の紋次郎捕縛につき、与三郎はくどいくらいに礼を述べ立てた。

「兵部もお役に立てたことを感謝しております」

と言ってから、兵部が紋次郎一味捕縛に違和感を抱いている、と言い添えた。

「それは、実はわたしも同じなのです」

与三郎は外で話しませんかと誘ってきた。

左膳は承知し、下仁田庵に行くことにした。

昼前とあって下仁田庵の座敷にはまばらに客がいるだけだ。

左膳と与三郎は鴨南蛮うどんを頼んだ。お志摩は傘張りが上達しないことを詫びた。慣れてしまえば巧くゆく、と左膳は励ました。

与三郎が、

「兵部殿が抱かれた違和感とは……」

と、話を切り出した。

「紋次郎一味捕縛が馬鹿に呆気《あっけ》なかった、と申しておりました。血気盛んな兵部ゆえ、暴れ足りなかったのだろうと思ったのですが、そうではないようでして」

左膳が返すと、

「実はわたしも同じ思いなのです」

与三郎は言った。

曇った顔が違和感の大きさを伝えている。

「船岡殿が紋次郎を捕縛したのですな」

左膳の問いかけに与三郎はしっかりとうなずき、

「正直に申しまして、わたしは功名心《こうみょうしん》に逸《はや》っておりました。会所のみんなと共に勇《いさ》んで捕縛に向かったのです」

　計画では、紋次郎一味の所在がわかったら孫太郎と兵部に伝えるはずだった。

「紋次郎一味の捕縛は手練の櫛田孫太郎殿、来栖兵部殿に任せよ、と殿からは命《めい》を受けていたのです。わたしは、武芸はからっきし、一味の相手などできようはずもない、と殿は判断なさったのです。下手に捕縛しようとすれば、わたしや朋輩《ほうばい》たちは無事ではすまない、いや、命を落としかねない、そうなったら、紋次郎一味は何処かへ逃亡し、何よりも稲田堀の運営に支障をきたします」

　そのことは十分に与三郎も承知していた。

「本堂さまのお気遣いですな」

　左膳の言葉に与三郎が首肯したところで、お志摩が鴨南蛮うどんを運んできた。左膳と与三郎は笑顔を取り繕い、ひとまずうどんを食べた。

　うどんを食べ終えてから与三郎は話を続けた。

「ですが、わたしは敢《あ》えて捕縛に向かったのです」

「何故ですかな」

　左膳の問いに、

「権兵衛と申すと西門近くで茶店を営んでおる男ですな」

ぼつりと与三郎は答えた。

「権兵衛です」


左膳の脳裏に権兵衛の好々爺然とした顔が浮かんだ。

次いで、

「その権兵衛がいかがしたのですか」

「権兵衛は稲田堀のために尽くしてくれているのです。紋次郎一味の棲み処を探り当てたのも権兵衛でした」

権兵衛が、剣術試合を妨害した紋次郎一味の後をつけて棲み処を見つけた経緯を与三郎は熱を込めて語った。

「偽紋次郎の逃亡を阻止したのも権兵衛でしたな」

左膳の言葉に与三郎は深くうなずき、

「本当に、自分の身を顧《かえり》みず恐ろしい海賊に立ち向かってくれたのです」

「権兵衛は身内はおらんのですか」

改めて権兵衛への興味が湧いた。

「気の毒な境遇《きょうぐう》なのです」

与三郎は権兵衛が身内と死に別れ、本堂の好意で稲田堀に茶店を開いたことを話した。

「下仁田の出であったのですか」

左膳は訝しんだ。

お国訛りが感じられないのだ。商いを行う上でお国訛りが出ないように気遣っているのかもしれないが、下仁田で生まれ育った初老の男がお国訛りを封印《ふういん》できるものだろうか。

それに、稲田堀で商いをする者は、むしろお国訛りを使うことで旅の情緒を誘っている。

そんな左膳の不審を他所《よそ》に与三郎は権兵衛を褒め称えてから、

「権兵衛は殿さまのお蔭で命拾いした、稲田堀で商いをさせて頂ける、と折に触れ感謝を忘れません。そんな権兵衛を見るにつけ、権兵衛と同じく殿から目をかけられたのだから、もっともっと稲田堀のために尽くさなければならない、と自分を叱咤していたのです。それですので、紋次郎一味の居場所がわかった時、居ても立ってもいられなくなったのです」

会所に兵部と孫太郎が戻って来るのを待ち、紋次郎一味の潜伏先を伝えるだけでは居たたまれない気持ちになった。

「それで、殿の命《めい》を破ってしまいました。頭に血が上ってしまったのかもしれません。それに、深川佐賀町と言えば、ここからは五町ほどです。紋次郎にすれば、灯台下暗《もとくら》し、のつもりだったのかもしれません」

まさかこんな近くに潜んではいないだろう、と紋次郎は稲田堀の盲点をついたつもりなのかもしれない。

ところが、それが与三郎の闘志に火をつけた。

「紋次郎に舐《な》められている、とわたしは悔しくなったのです。申しましたように家中からは算盤侍と蔑まれています。紋次郎にまで算盤侍、意気地なし、と嘲笑《わら》われているような気がしまして……」

与三郎は自らの手で紋次郎一味を捕縛したい思いに駆られた。

「会所の者たちも思いは同じでした」

与三郎たちは、袖絡、突棒、刺又の捕物道具を携え、佐賀町へ急行したのだった。

「美作守さまの命《めい》に逆らったのは本堂家家中の者としては問題があると存じますが、それでも見事に一味、特に紋次郎を捕縛しましたな。そのことは紛《まぎ》れもないお手柄ですぞ」

左膳は賞賛したのだが与三郎は浮かない顔である。

「それが……捕縛できたことに違和感があるのです。捕縛できた直後は手柄を立てた興奮で気づきませんでしたが、落ち着いてみるとどうも腑《ふ》に落ちないのです」

「ほほう……」

左膳も気になってきた。

「もろかったのです」

首を捻り、与三郎は言った。

「紋次郎たちがもろかったのですな」

左膳の確認に、そうですすと答えてから与三郎は続けた。

「商人宿の二階におったのです。わたしを含め、五人で押し込みました」

紋次郎たちも五人だった。

「凶悪な海賊に及び腰にならないよう、夢中で捕縛にかかりました」

紋次郎たちはほとんど抵抗しなかったそうだ。

「逃れられない、と観念したのでは」

左膳が言うと、

「百戦錬磨《ひゃくせんれんま》の海賊です。ルソンやボルネオで暴れ回り、蝦夷地でオロシャの船とも戦っている連中です。連中から見たらわたしたちは素人《しろうと》のようなものでしょう」

謙遜ではなく、冷静に見れば与三郎の言う通りだ。

「兵部や櫛田殿との刃傷沙汰で怪我を負ったのではござらぬか」

この問いかけも与三郎は否定し、

「五人とも負傷しておりませんでした。櫛田殿、来栖殿との争いで疲労困憊《こんぱい》したのかと、その時は思ったものです。ですが、たとえ疲れていたとしてもお縄から逃れようと必死になるはずです。それが、ああもあっさりと……」

これがわたしが抱いた違和感です、と言い添えて与三郎は話を締め括った。

なるほど、与三郎が違和感を抱くのも無理はない。

「では、捕縛した紋次郎はまたも騙り者である、とお考えか」

左膳の問いかけに与三郎は迷う風に、

「わかりません。ただ、関川さまの用人、藤田伝十郎さまは捕縛した者が紋次郎に間違いない、と断定なさりました」

「藤田殿は出雲国安来藩の国許におられた時、鯨の紋次郎一味捕縛に当たり、すんでのところで逃げられたのでしたな」

「その際、紋次郎の顔はしっかりと覚えたそうです」

与三郎は言った。

「なるほど……」

左膳は思案をした。

「考え過ぎでしょうか」

与三郎は悩ましそうに呟いた。

無責任な答えは返せない。

すると、

「あの……」

お志摩が遠慮がちに声をかけてきた。

「なんだ」

与三郎は笑顔を取り繕った。

お志摩は声をかけたものの、話していいか躊躇っている。

「まあ、座ったらどうだ」

左膳は膝を送ってお志摩の席を作った。お志摩はぺこりと頭を下げてからそこに座って口を開いた。

「権兵衛さんのこと、話していましたよね」

立ち聞きしていたのではない、とお志摩は強く断った。

与三郎はお志摩が立ち聞きするような娘ではない、と理解を示した。それにほっとしてお志摩は続けた。

「権兵衛さん、下仁田の出ということですけど、下仁田葱のこと知らなかったんです。それに、下仁田の村の話をしても、全然話がちぐはぐで……お国訛りもないし……なんだか、変な人だなって」

お志摩は権兵衛が履歴《りれき》を偽っているのだと思った。

「でも、きっと何か人には言えない事情があるんだろうって思って、黙っていたんですけど……」

「権兵衛の履歴は殿が保証しておられる。間違いないはずだが……」

与三郎も権兵衛への不審を募《つの》らせたようだ。

「わしもお志摩が申したように、権兵衛の素性を疑っておる」

左膳に賛同されお志摩は自信を得たのか、

「それで、わたし、権兵衛さんがうちに来た時、それとなく見ていたんです」

と、言ってから、普段は立ち聞きなんかしないんですよ、と強調した。左膳も与三郎も、「わかった」と理解を示し、話の続きを促す。

「お一人でうどんを召し上がったんですが、剣術大会に出場されたお侍さまが入っていらして、挨拶をなさったんです」

「剣術大会に出場した侍とは……」

与三郎が確かめると、

「関川さまのご家来だったと……」

お志摩は言った。

「藤田伝十郎ですね」

与三郎の言葉に左膳はうなずき、

「それで、権兵衛はその侍とどのような言葉を交《か》わしたのだ」

と、お志摩を見た。

「よくは聞き取れませんでしたが、権兵衛さんはお侍さまに笑顔を見せただけでしたが、お侍さまは達者そうで何よりと声をかけられました。それから、おいやん、って親しそうに呼びかけましたよ」

お志摩は、「おいやん」という言葉を繰り返した。

「おいやん……とは紀州でおじさんという意味だったな」

左膳は鯨の紋次郎が手下たちから、「おいやん」と呼ばれていると言い添えた。

「そうでした、紀州のお国訛りです。紀州の蜜柑《みかん》問屋が仲間内で使っていました」

与三郎も紀州では、「おじさん」のことを親しみを込めて、「おいやん」と呼ぶと左膳の言葉を裏付けた。

「そう言えば、赤の他人のおじさんでもおいやんと呼ぶそうです。鯨の紋次郎は手下からおいやんと呼ばれていたそうですよ」

与三郎も紋次郎の呼称を思い出した。

四

霜月の二十日の真夜中、吹雪が稲田堀に吹きすさんでいた。

稲田堀で営まれている店は全て閉じられているが、会所のみは灯りが灯っていた。本堂から蝦夷地より大量の荷が届くため、荷受けをせよと命じられ、与三郎たち会所詰めの役人は待機しているのだ。

どんな荷なのかは知らされていないが、いつもの通り、海産物だろうと会所では見当をつけている。

夜九つ（御前零時）を過ぎ、会所周辺と四辻の広場には篝火《かがりび》が焚かれている。

やがて、会所に本堂がやって来た。

「殿……わざわざのお越し……荷なら我らで受け取ります」

与三郎が言うと、

「今日は殊《こと》の外《ほか》大事な荷であるからな。わしも立ち会う」

本堂は温《ぬく》まれ、と酒の支度をさせた。

本堂家の奉公人たちが会所に弁当と清酒の入った角樽を運び入れた。

「役目の前にお酒は……」

与三郎は躊躇ったが、

「空は吹雪いておる。温めぬことには、身体は動かぬぞ。本日の荷は殊の外に大事なのじゃ」

本堂は会所役人たちに酒を勧めた。

夜食には丁度良い頃合いだ。厳寒の夜、凍えながらの荷受け作業を覚悟していた役人たちは殿さまの慈悲をありがたく頂戴した。

与三郎も本堂の好意を無碍にするわけにもいかず、弁当には箸をつけることにした。

「与三郎も飲め」

本堂はしきりと酒を勧める。与三郎は礼を述べながらも胸に抱いたわだかまりを打ち明けた。

「殿が慈悲をおかけになられた権兵衛でございますが、何やら不審な点が見受けられるのでございます」

与三郎は権兵衛が下仁田出身とは思えない点を挙げた。

「そなたが不審がるのもわかるが、権兵衛は下仁田の領民であった。わしが会っておるのであるから間違いない」

さらりと本堂は言ってのける。

「畏れ入りますが、殿はいつ領内で権兵衛とお会いになられたのですか」

無礼を承知で与三郎は問いを重ねた。権兵衛への疑念が主従の礼節に勝ることは無礼千万《せんばん》だ。それでも、権兵衛の黒い疑惑を晴らしたい。

「そうじゃな……今年の春、下仁田に桜が咲き乱れていた頃であったな」

本堂は答えたが、

「その頃、殿は若年寄のお役目で江戸におられたのではなかったでしょうか。わたしは国許で領内の物産を見て回り、家中の方々からそのようにお聞きしました」

与三郎らしく悪気のない疑問を本堂に返した。本堂の表情が強張った。

「そうであったか……何しろ多忙ゆえ、細々《こまごま》としたことまでは覚えておらぬ……が、権兵衛がわが領民であることは間違いない」

本堂が権兵衛を微塵《みじん》も疑わないことに与三郎は危機感を抱いた。

「権兵衛は疑わしいのです。あ奴こそが鯨の紋次郎であるかもしれません……いや、きっとそうです」

真剣な眼差しで与三郎は本堂に訴えかけた。

本堂は冷笑を浮かべ、

「馬鹿げたことを申すな。鯨の紋次郎はそなたが捕縛したではないか」

「あれは偽者、もしくは身代わりです」

頑固に主張する与三郎を、

「そなた、忙し過ぎて頭が疲れておるのじゃ。よって、そのような幻を信じる。よい。今晩は休め」

本堂は気遣った。

「夢や幻ではありません」

強く首を左右に振って与三郎は声を大きくした。

本堂は不機嫌になって黙り込んだ。

ふと気づくとやけに静かである。いや、呑気《のんき》にも寝息が聞こえた。

役人たちは酔い潰れている。

「おい、寝ておる場合か」

立ち上がって与三郎は役人たちを起こして回り始めた。

「与三郎、寝かしておけ」

冷然《れいぜん》とした声音で本堂は命じた。

「そういうわけにはまいりませぬ。間もなく、蝦夷よりの大事な荷が届けられるのです。寝てなんぞおられません」

権兵衛への疑念はひとまず置き、与三郎は役目への使命感を募《つの》らせた。

「荷受けはよい。そなたも寝ておれ」

思いもかけないことを本堂は言った。

「荷を受ける者がいなくては……」

「荷受けをする者はおる」

激しい口調で本堂は与三郎を遮《さえぎ》った。

与三郎は口を半開きにしながらも、

「御家中の方々ですか。ですが、日頃やり慣れない者が荷を受けると事故を起こしかねません。特に今夜は吹雪、大事な荷を傷つけては大変でござります」

と、仕事熱心さと本堂への忠誠心から抗《あらが》った。

すると、腰高障子が開いた。

風雪と共に権兵衛が入って来た。

「船岡さん、心配いらないよ。荷ならおれたちが引き受けるからな」

権兵衛は言った。

物腰低い、好々爺然とした日頃の態度はなりを潜《ひそ》め、どすの利いた伝法《でんぽう》な物言いだ。

両目が吊り上がり、唇をへの字に引き結んでいた。

それを見れば、

「そなた、鯨の紋次郎だな」

と、与三郎は確信した。

「そうだ。手下はおいやんと呼ぶ。あんたも、呼びたけりゃ呼んでいいぞ」

抜け抜けと権兵衛こと紋次郎は言った。

「誰が呼ぶか……殿、この者の言葉をお聞きになりましたか。こ奴こそは鯨の紋次郎でござりますぞ」

声を嗄《か》らさんばかりに与三郎は言い立てた。

「与三郎、そなたは真面目に過ぎるぞ。わしが飲めと言ったら飲めばよいのじゃ。見よ。良き眠りについておるではないか。みな、楽しい夢を見ておるであろう」

本堂は寝入った役人たちを見下ろした。

酒に酔ったのではなく、眠り薬を盛られたのだろう。

「まあよい。そなたも眠らせてくれる。永久の眠りにな」

本堂は紋次郎に目配《めくば》せをした。

権兵衛は振り返った。

手下と思《おぼ》しき男たちがどやどやと入って来た。

与三郎は強張った顔で立ち尽くした。

手下に侍たちが加わった。本堂家の家臣ではない。その中に藤田伝十郎がいた。

どうやら関川家の面々だ。

「おいやん、どでかい荷が届くのだな。我らも立ち会うぞ」

藤田は紋次郎に声をかけてから本堂に一礼した。

「隠岐の島で藤田さまに助けて頂いたお蔭で、暴れ回ることができます」

紋次郎は慇懃《いんぎん》に頭を下げた。

「よし、まずはこ奴を血祭に上げるか」

藤田は大刀を抜いた。

本堂は藤田に任せた。

覚悟を決め、与三郎は正座をした。

「殊勝な心掛けだな」

藤田は与三郎の背後に回った。首を刎ねる気のようだ。

与三郎は両手を合わせ、目を閉じた。

藤田は大刀を振りかぶった。

と、その時、火の見櫓の半鐘が打ち鳴らされた。

「荷が届いたのか」

振りかぶった刀を藤田は下ろした。

「半鐘を鳴らせ、なんて言ってませんよ」

紋次郎は訝しんだ。

「見てまいれ」

本堂の命令で藤田や紋次郎たちは会所を出た。

五

風は弱まったが雪はしんしんと降っている。

降り積もった白雪を踏みしめる足音が響き渡った。

朱色の傘を差した侍がゆっくりと会所に歩いて来る。黒小袖に黒の裁着け袴、篝火に照らされたその顔は、まごうかたなき来栖左膳であった。

「これは、来栖さま」

紋次郎が、もう店は閉めました、と本気とも冗談ともなく声をかけた。

左膳は立ち止まり、

「それは残念。だが、目の前には悪党どもが勢揃いしておる。退治すれば多少の世直しになる。冬晴れの空に虹が架かるというものだ」

と、声を放って笑った。

「こしゃくな」

藤田が大刀を正眼に構えた。

「そなたが藤田伝十郎殿か。倅と好勝負をなさった、とか」

左膳の言葉に、

「手加減してやったのだ」

藤田は侍たちをけしかけた。

侍たちが左膳を囲んだ。左膳は傘を差したまま敵を見回した。敵は抜刀したまま左膳の動きを見定めている。

「傘を差す侍、いや、浪人が珍しいかな。それともたった一人の浪人に臆しておられるか」

左膳は嘲笑を放った。

敵はお互いの顔を見合わせる。

「びびるな！」

藤田の叱咤が飛ぶ。

この声に押されたように前と後ろから二人の敵が斬りかかって来た。

左膳は傘の柄を回転させた。積もった雪が飛び散り敵の顔面を襲う。二人は足を止め、仰《の》け反《ぞ》った。

傘を左手だけで持ち、左膳は右手拳を二人の鳩尾《みぞおち》に沈める。彼らは白い息を吐き出し、雪上に横臥した。

「命が惜しくば去れ!」
敵に向かって左膳は大音声を発した。
気圧《けお》されたように敵の輪が乱れた。
「たった一人相手に臆するな!」
負けじと藤田も声を荒らげ手下を叱咤した。
数人の敵が束となり、雪を蹴立てて間合いを詰める。
左膳は傘を開いたまま夜空に放り投げた。夜空に紅の花が咲く。
すると、それが合図であるかのように夜空から開いた傘が降ってくる。
朱、紺、橙、紫……彩り豊かな傘が花弁のように敵の只中にひらひらと舞い落ちた。
思わず敵は呆気に取られ、立ち尽くした。
左膳は敵に駆け寄り抜刀するや、
「来栖天心流、剛直一本突き!」
裂帛の気合いと共に落下した傘に突きを入れた。
一刺し、二刺し、三刺し……。
次々と傘を差し貫いてゆく。
刺すたびに悲鳴と共に血潮が飛び散り、白雪を真紅に染める。気がつけば数多《あまた》の敵が傘の下に倒れ伏していた。

残敵四人が自暴自棄となり、左膳に殺到する。

敵の来襲に備え、左膳は両足を踏ん張った。積雪に足を取られ、躓《つまず》いたり滑ったりする敵に対し、左膳は大地に根付いた巨木の如く身動《みじろ》ぎもしない。

そんな左膳に恐れを成し、一人が逃げ出した。もう一人が釣られて逃亡し、二人は奇声を発して挑みかかって来た。

間近に迫った一人の喉に左膳は剛直一本突きを繰り出した。刀の切っ先が咽を貫き、一瞬にして敵の動きが止まる。

そこへもう一人が斬り込んで来た。

左膳は男の喉から大刀を抜き去る。男は仰向けに倒れた。

左膳は一歩前に踏み出した。

蹴散らされた雪が散乱する中、左膳は下段から大刀を斬り上げる。敵は胴を割られ、倒れ伏すもう一人に折り重なった。

残るは紋次郎と藤田である。

紋次郎は巨大な銛を手にのっしのっしと左膳に近づいて来た。

「よくも……てめえ、鯨みてえに串刺しにしてやる」

憤怒の形相で紋次郎は銛を投げた。

左膳は往来に身を投げた。

頭上を銛が飛んでゆく。

鯨の紋次郎の放った銛の威力たるや凄まじく、板壁を突き抜け会所の中に飛び込んだ。

すると、

「ああっ!」

本堂の絶叫が聞こえた。

本堂の様子を確認することなく左膳は身を起こし、紋次郎目がけて駆け寄ると大刀の峰を返し、首筋を打ち据えた。

紋次郎は膝から頽れた。

間髪容れず、藤田が斬りかかって来た。

左膳は往来の雪を蹴り上げた。

血染めの雪が藤田の顔面を襲った。

藤田は身体の均衡を崩し、雪に滑って転倒した。

左膳は藤田を見下ろし、大刀の切っ先を喉に突きつけた。藤田は刃で左膳の刀を払い退けると素早く立ち上がる。

余裕を示すように笑みを浮かべ、藤田は大刀を大上段に振り被った。

左膳は正眼に構え直した。

降りしきる雪が二人を包み込む。

「てぇい！」

藤田が大刀を斬り下ろした。

風雪を切り裂き、刃が左膳を襲う。

左膳は後方に飛び退く。

藤田は追いすがり、何度となく大刀を振るう。左膳は僅かな動きで刃を避ける。顔面すれすれを白刃がかすめるが左膳は冷静さを保っている。

対して藤田の顔は汗にまみれていた。

と、俄かに横殴りの風が吹いた。

風に煽られた傘が藤田を襲う。藤田は大刀で傘を払い退けようとしたが、雪に足を取られ横転した。

すかさず、左膳は藤田の傍らに走り大刀の切っ先を鼻先に突き付けた。

藤田は大刀を放り投げ観念した。

火の見櫓から長助が下りて来て、藤田と紋次郎を荒縄で縛った。飄々とした動きは流血沙汰とは別世界にいるようだ。

左膳は会所に入った。

「これは……」

左膳は啞然として一点を見つめた。

本堂美作守義和は銛で刺し貫かれ、柱に串刺しとなっていた。

与三郎は肩を落とし、役人たちは寝入っていた。

師走に入り、左膳は与三郎と小春で飲んでいた。細長い台の前で横並びに座っている。

本堂美作守と関川飛驒守の鯨の紋次郎と行った抜け荷は明らかとなった。関川は沙汰を待たず、切腹して果てた。関川家は五千石の旗本に降格されることで存続が許された。本堂家は容赦なく改易とされた。

稲田堀は、物産関係は廃止、随分と規模を縮小され、堀内の商人たちで営まれている。お志摩の下仁田庵も営業が許された。

鯨の紋次郎一味は磔、獄門である。

「わたしも浪人となりました」

与三郎は取り繕っているのかあっけらかんとした口調である。

「いかがされる……国許に戻られるか」

左膳は与三郎の身を気遣った。

「それが、引き続き稲田堀に留まることになりました」

「それは良かったが、どうして留まることになったのでござる」

左膳の問いかけに、

「算盤が役立ちました。堀内で算盤と算術を教えたり、帳面付の苦手な商人たちを助けることになったのです」

声を弾ませ、与三郎は語った。

次いで、

「わたしには、その方が似合っています」

と言い添えたが、決して自虐ではなく心の底から我が身《み》の丈《たけ》を思って堀内の人々に感謝しているようだ。

「殿は何処《どこ》で道を踏み外したんでしょう。殿のお考え、物産を流通させ、国を富ませる、というのは決して間違ってはいなかったと思うのです」

与三郎はため息を吐いた。

「さて、わしにはわからんが、いつの間にか手段が目的になってしまったのでしょうな。つまり、物産の流通によって銭金を得るのは海防のため、公儀のため、民のための手段であったはず。それが、莫大な金を手になさり、金を得ること事態が目的、海防や公儀、民のためというのは言い訳になってしまったのだ」

左膳の考えに与三郎は嚙み締めるようにうなずき、

「わたしも気をつけます。銭金を得るために働くことは大変ですし、尊い。ですが、銭金に振り回されてはなりません」

と、しみじみと語った。

「その辺にして、飲もう」

左膳は、燗酒と、おからの他に適当に頼むと、春代に告げた。

「適当にはしませんよ。お金儲けは手段、わたしの望みはお客さまに美味しいお料理を召し上がって頂くこと、そして笑顔が何よりもご褒美です……なんて、賢しらなことを申しました」

珍しく春代は講釈をたれ、酒と料理の支度にかかった。

するとそこへ兵部が櫛田孫太郎を伴ってやって来た。孫太郎は菅笠を被り、手甲、脚絆を施して打飼いを背負っている。旅に出るようだ。

菅笠を脱ぎ、孫太郎は左膳に向かって深々と腰を折った。

兵部は、孫太郎が旗本となった本堂家に兵法指南役となって残ることになった、と話した。主君の悪事に衝撃を受けた孫太郎であったが、存続を許された御家のために剣で役立とうと気持ちを新たにしたという。

「まだまだ未熟です。全国を旅し、研鑽を積んでまいります」

決意を込め、孫太郎は言った。

「一回りも二回りも大きくなって戻って来るのだな。戻ったら、おれの道場を訪ねてくれよ。成長具合を見てやる」

偉そうに兵部が語りかけた。

「兵部先生、拙者が戻るまで道場を潰さないでくださいよ」

孫太郎は微笑みかけた。

「兵部、こりゃ一本取られたのう」

左膳は呵々大笑した。

兵部はばつが悪そうに頭を掻いた。

「さあ、一緒に飲むぞ」

左膳に誘われ兵部と孫太郎は小座敷に入った。

やがてちろりと土鍋が台に置かれた。

土鍋は猪鍋である。

味噌に猪の肉とぶつ切りの葱、それに賽の目に切られた豆腐が入っていた。葱は下仁田葱であった。

「猪か。山鯨だな。海の鯨退治の後は山の鯨を平らげようぞ」

左膳の軽口にみな満面の笑みを浮かべた。

時代小説

二見時代小説文庫

悪徳《あくとく》の栄華《えいが》　罷免家老《ひめんかろう》　世直《よなお》し帖《ちょう》 2

二〇二一年十二月二十五日　初版発行

著者　瓜生颯太《うりゅうそうた》

発行所　株式会社　二見書房
〒一〇一-八四〇五
東京都千代田区神田三崎町二-一八-一一
電話　〇三-三五一五-二三一一［営業］
　　　〇三-三五一五-二三一三［編集］
振替　〇〇一七〇-四-二六三九

印刷　株式会社　堀内印刷所
製本　株式会社　村上製本所

ISBN978−4−576−21191−6

https://www.futami.co.jp/

井川香四郎

ご隠居は福の神

シリーズ

以下続刊

① ご隠居は福の神
② 幻の天女
③ いたち小僧
④ いのちの種
⑤ 狸穴《まみあな》の夢
⑥ 砂上の将軍
⑦ 狐《きつね》の嫁入り

「世のため人のために働け」の家訓を命に、小普請組の若旗本・高山《たかやま》和馬《かずま》は金でも何でも可哀想な人たちに分け与えるため、自身は貧しさにあえいでいた。ところが、ひょんなことから、見ず知らずの「ご隠居」を屋敷に連れ帰る。料理や大工仕事はいうに及ばず、体術剣術、医学、何にでも長《た》けたこの老人と暮らすうち、和馬はいつしか幸せの伝達師に！「ご隠居」は何者？　心に花が咲く！